KB054667

국어과 선생님이 뽑은

한국문학읽기
한국고전읽기
세계문학읽기

국어과 선생님이 뽑은

흥부전 · 옹고집전

작자 미상

북·앤·북

국어과 선생님이 뽑은 흥부전·옹고집전

아이고 형님어느 곳으로 가리오, 갈곳이나 일러주오······

초판 1쇄 | 2013년 1월 15일 발행

지은이 | 작자 미상
엮은이 | dskimp2004@yahoo.co.kr
교정 | 이정민
디자인 | 인지숙
일러스트 | 이혜인
펴낸이 | 이경자
펴낸곳 | 북앤북

주소 | 서울 마포구 월드컵로 11길 35, 101동 502호
전화 | 02-336-9948
팩시밀리 | 02-337-4315
등록 | 제 313-2008-000016호

ISBN 978-89-89994-75-6 04810
잘못된 책은 구입하신 서점에서 바꾸어 드립니다.

이 책에 수록된 작품의 표기는 '한글 맞춤법'의
규정을 원칙으로 하되 작가 특유의 문체나
방언 등은 원본에 따른다.

아이고, 형님. 어느 곳으로 가리오. 갈 곳이나 일러주오……

                                   에게 드립니다
    ───────────────────────────────

국어 선생님이 뽑은
문학 읽기
19

흥부전 · 옹고집전

"애고, 형님. 이것이 웬 말이요. 비나이다,
형님 전에 비나이다.

세 끼 굶어 누운 자식 살려낼 길 전혀 없으니

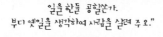

쌀이 되나 벼가 되나 양단간에 주시면
품을 판들 못 갚으며

일을 한들 공할쏜가.
부디 옛일을 생각하여 사람을 살려 주오."

흥부전

흥부전 미리보기

옛날 놀부라는 욕심 많은 형과 흥부라는 마음씨 착한 아우가 있었다. 어느 날 부모가 물려준 유산을 독차지한 놀부는 흥부를 집에서 내쫓는다. 쫓겨난 흥부는 하는 수 없이 부인과 자식을 데리고 산언덕 밑에 수숫대로 엉기설기 집을 한 채 지었다. 하루는 흥부가 견디다 못해 형의 집을 찾아가 먹을 것을 구걸했지만 형 내외에게 매만 죽도록 얻어맞고 돌아온다.

기나긴 겨울이 지나고 봄이 찾아왔다. 강남에서 제비들이 돌아왔다. 흥부네 집 처마에도 제비가 집을 짓고 새끼를 키우고 있었다. 그런데 큰 구렁이 한 마리가 제비 새끼에게 달려들어 흥부가 칼을 들어 잡으려 할 때 제비 새끼 한 마리가 허공에서 떨어졌다. 흥부는 제비의 다친 다리를 당사로 동여매어 제비를 구해 주었다. 이듬해 봄, 제비가 박씨 하나를 물고 와 흥부의 뜰에 떨어뜨린다. 추석날 흥부 부부가 박을 타 보니 온갖 금은 보화가 나와 큰 부자가 된다. 그 소식을 전해 들은 놀부는 제비의 다리를 부러뜨려 날려 보낸다. 이듬해 놀부는 제비가 물어다 준 박씨를 심어 가을에 타 보니 온갖 요물과 이상한 것들이 쏟아져 나왔다. 놀부는 이들에게 재산을 다 빼앗겨 오갈 데 없는 신세가 되자 처자를 이끌고 흥부를 찾아간다.

흥부전 핵심보기

　이 작품은 비록 흥부와 놀부를 형제 사이로 설정하고 있지만, 단순히 형제간의 우애라는 도덕적 주제를 강조한 작품이라기 보다는 당대의 퇴락하는 양반가와 서민의 생활상에 대한 풍속사적인 보고라 할 수 있다. 시대적으로 조선 후기의 신분 변동에 따라 나타난 유랑 농민과 신흥 부농(富農)과의 갈등상이 반영된 점이 그러한 특징을 말해 준다.

　그러면서도 전래 설화에서 차용한 모방담으로서의 소설적 구조를 계승하고 있으며, 인물이나 사건을 그려 나가는 방식은 다분히 서민적이고 해학적인 문체를 구사하고 있다. 이러한 문체상의 특징은 이 작품에 설정된 시대적 배경의 심각성이나 비극적 상황을 서민 특유의 건강한 웃음에 의해 인식, 극복하려는 의식에 바탕을 둔 것이다.

　잘 알려진 대로 흥부는 착하고 우애한 선인이고 놀부는 심술 많은 악인으로 등장한다. 이러한 대조적 인물 묘사는 희극적 과장의 수법을 통해 더욱 뚜렷하게 드러난다. 놀부가 흥부를 집에서 내쫓고 흥부가 자신의 신세를 한탄하는 장면에서 탐욕에 가득 찬 놀부와 순하기만 한 흥부의 심성과 행위를 극명하게 대조, 과장하는 수법을 통해 희극적 골계미를 풍부하게 해 주고 있다.

　이 속에는 당시 민중들의 발랄한 웃음과 해학이 들어 있으며, 중세적 질서가 흔들리던 조선 후기 사회의 생활 현실도 엿볼 수 있다.

아이고, 형님. 어느 곳으로 가리오. 갈 곳이나 일러주오……

충청·경상·전라 접경에 사는 사람이 있었으니 놀부는 형이요, 흥부는 아우라.

놀부 심사 무거(無據)하여 부모 생전 분재 전답을 홀로 차지하고, 흥부 같은 어진 동생을 구박하여 건너 산언덕 밑에 내떨고 나가며, 조롱하고 들어가며 비양하니 어찌 아니 무지하리.

놀부 심사를 볼작시면 초상난 데 춤추기, 불붙는 데 부채질하기, 해산한 데 개 잡기, 장에 가면 억매(抑賣) 흥정하기, 집에서 몹쓸 노릇하기, 우는 아해 볼기 치기, 갓난 아해 똥 먹이기, 무죄한 놈 뺨치기,

빚 값에 계집 빼앗기, 늙
은 영감 덜미 잡기, 아해
밴 계집 배 차기, 우물
밑에 똥 누기, 오려논에
물 터놓기, 잦힌 밥에 돌 퍼붓기, 패는 곡식 이삭 자
르기, 논두렁에 구멍 뚫기, 호박에 말뚝 박기, 곱사
장이 엎어놓고 발꿈치로 탕탕 치기, 심사가 모과나
무의 아들이라.

　이놈의 심술은 이러하되 집은 부자라 호의호식하
는구나.

　흥부는 집도 없어 집을 지으려고 집 재목을 내려
갈 양이면 만첩청산 들어가서 소부등(小不等) 대부등
(大不等)을 와드렁퉁탕 베어다가 안방·대청·행랑·
몸채·내외 분합(分閤)·물림퇴에 살미살창·가로닫
이 입 구자로 지은 것이 아니라, 이놈은 집 재목을
내려하고 수수밭 틈으로 들어가서 수수깡 한 단을
베어다가 안방·대청·행랑·몸채 두루 짚어 말집을
꽉 짓고 돌아보니 수숫대 반 단이 그저 남았구나.

방 안이 넓든지 말든지 양주(兩主) 드러누워 기지
개 켜면 발은 마당으로 가고, 대고리는 뒤꼍으로 맹
자 아래 대문하고, 엉덩이는 울타리 밖으로 나가니,
동리 사람이 출입하다가 이 엉덩이 불러들이소 하는
소리, 흥부 듣고 깜짝 놀라 대성통곡 우는 소리,

"애고답답, 설운지고. 어떤 사람 팔자 좋아 대광
보국숭록대부 삼태육경(大匡輔國崇祿大夫 三台六卿)되
어 나서 고대광실 좋은 집에 부귀공명 누리면서 호
의호식 지내는고. 내 팔자 무슨 일로 말만한 오막집
에 성소광어공정(星疎光於空庭)하니 지붕 아래 별이
뵈고, 청천한운세우시(靑天寒雲細雨時)에 우대랑이 방중
이라. 문밖에 가랑비 오면 방 안에 큰 비 오고, 폐
석초갈(弊席草褐) 찬 방 안에 헌 자리 벼룩, 빈대 등
이 피를 빨아먹고, 앞문에는 살만 남고 뒷벽에는 외
만 남아 동지섣달 한풍(寒風)이 살 쏘듯 들어오고,
어린 자식 젖 달라 하고 자란 자식 밥 달라니 차마
설워 못살겠네."

가난한 중 웬 자식은 풀마다 낳아서 한 서른남은

되니, 입힐 길이 전혀 없어 한 방에 몰아넣고 명석
으로 쓰이고 대강이만 내어놓으니, 한 녀석이 똥이
마려우면 뭇 녀석이 시배(侍陪)로 따라간다. 그중에
값진 것을 다 찾는구나.

한 녀석이 나오면서,

"애고, 어머니, 우리 열구자탕(悅口子湯)에 국수 말
아먹으면."

또 한 녀석이 나앉으며,

"애고, 어머니, 우리 벙거지를
먹으면."

또 한 녀석이 내달으며,

"애고, 어머니, 우리 개장국에 흰밥 조금 먹으면."

또 한 녀석이 나오며,

"애고, 어머니, 대추찰떡 먹으면."

"애고, 이 녀석들아, 호박국도 못 얻어먹는데 보
채지나 말려무나."

또 한 녀석이 나오며,

"애고, 어머니, 우에 올부터 불두덩이 가려우니 날

장가 들여 주오."

이렇듯 보챈들 무엇 먹여 살려낼꼬. 집안에 먹을
것이 있든지 없든지 소반이 네 발로 하늘께 축수하
고, 솥이 목을 매어 달렸고 조리가 턱걸이를 하고,
밥을 지어 먹으려면 책력을 보아 갑자일이면 한 때
씩 먹고, 새앙쥐가 쌀알을 얻으려고 밤낮 보름을 다
니다가 다리에 가래톳이 서서 파종(破腫)하고 앓는
소리, 동리 사람이 잠을 못 자니 어찌 아니 서러울
손가.

"아가, 아가, 우지 마라. 아무리 젖 달란들 무엇
먹고 젖이 나며, 아무리 밥 달란들 어디서 밥이 나
랴."

달래올 제 흥부 마음 인후하여 청산유수와 곤륜옥
결(崑崙玉潔)이라. 성덕을 본받고 악인을 저어하며 물
욕에 탐이 없고 주색에 무심하니, 마음이 이러하매
부귀를 바랄쏘냐. 흥부 아내 하는 말이,

"애고, 여봅소. 부질없는 청렴 맙소. 안자(顔子) 단
표(簞瓢) 주린 염치 삼십 조사(早死)하였고, 백이숙제

(白夷淑濟) 주린 염치 청루 소녀 웃었으니, 부질없는 청렴 말고 저 자식들 굶겨 죽이겠으니 아주버니네 집에 가서 쌀이 되나 벼가 되나 얻어 옵소."

흥부가 하는 말이,

"낯을 쇠우에 슬훈고. 형님이 음식 끝을 보면 사촌을 몰라보고 똥 싸도록 치옵나니, 그 매를 뉘 아들놈이 맞는단 말이오."

"애고, 동량은 못 준들 쪽박조차 깨칠쏜가. 맞으나 아니 쏘아나 본다고 건너가 봅소."

흥부 이 말을 듣고 형의 집에 건너갈 제, 치장을 볼작시면 편자 없는 헌 망건에 박 쪼가리 관자 달고, 물렛줄로 당끈 달아 대고리 터지게 동이고, 깃만 남은 중치막 동강 이은 헌 술띠를 흉복통에 눌러 띠고, 떨어진 헌 고의(袴衣)에 청올치로 대님 매고, 헌 짚신 감발하고 세살부채 손에 쥐고, 서 홉들이 오망자루 꽁무니에 비슥 차고, 바람 맞은 병인같이 잘 쓰는 쇄소(灑掃)같이 어슥비슥 건너 달고, 형의 집에 들어가서 전후좌우 바라보니 앞노적, 뒷노적, 멍에노적 담불담불 쌓았으니, 흥부 마음 즐거우나 놀부 심사 무거(無據)하여, 형제끼리 내외하여 구박이 태심하니, 흥부 하릴없이 뜰 아래서 문안하니 놀부가 묻는 말이,

"네가 뉜고?"

"내가 흥부요."

"흥부가 뉘 아들인가."

"애고, 형님. 이것이 웬 말이요. 비나이다, 형님 전에 비나이다. 세 끼 굶어 누운 자식 살려 낼 길 전혀 없으니 쌀이 되나 벼가 되나 양단간에 주시면 품을 판들 못 갚으며 일을 한들 공할쏜가. 부디 옛일을 생각하여 사람을 살려 주오."

애걸하니 놀부 놈의 거동 보소. 성낸 눈을 부릅뜨고 볼을 올려 호령하되,

"너도 염치없다. 내 말 들어보아라. 천불생무록지인(天不生無祿之人)이요, 지불생무명지초(地不生無名之

草)라. 네 복을 누를 주고 나를 이리 보채느뇨. 쌀이 많이 있다 한들 너 주자고 노적 헐며, 벼가 많이 있다 한들 너 주자고 섬을 헐며, 돈이 많이 있다 한들 괴목궤에 가득 든 것을 문을 열며, 가룻되나 주자 한들 북고왕 염소독에 가득 넣은 것을 독을 열며, 의복이나 주자 한들 집안이 고루 벗었거든 너를 어찌 주며, 찬밥이나 주자 한들 새끼 낳은 거먹암캐 부엌에 누웠거든 너 주자고 개를 굶기며, 지게미나 주자 한들 구중방(九重房) 우리 안에 새끼 낳은 돝(돼지)이 누웠으니 너 주자고 돝을 굶기며, 겻섬이나 주자 한들 큰 농우(소)가 네 필이니 너 주자고 소를 굶기랴. 염치없다, 흥부 놈아."

하고 주먹을 불끈 쥐어 뒤꼭지를 꽉 잡으며 몽둥이를 지끈 꺾어, 손재승의 매질하듯 원화상의 법고 치듯 아주 쾅쾅 두드리니 흥부 울며 이른 말이,

"애고, 형님. 이것이 웬일이요. 방약무인 도척(盜跖)이도 이에서 성현이요, 무지불측 관숙(無知不測 菅叔)이도 이에서 군자로다. 우리 형제 어찌하여 이다

지 극악한고."

탄식하고 돌아오니 흥부 아내 거동 보소, 흥부 오기를 기다리며 우는 아기 달래올 제 물레질하며,

"아가, 아가, 우지 마라. 어제 저녁 김동지 집 용정 방아 찧어 주고 쌀 한 되 얻어다가 너희들만 끓여 주고 우리 양주 어제 저녁 이때까지 그저 있다."

"잉잉잉."

"너 아버지 저 건너 아주버니 집에 가서 돈이 되나 쌀이 되나 양단간에 얻어 오면 밥을 짓고 국을 끓여 너도 먹고 나도 먹자. 우지 마라."

"잉잉잉."

아무리 달래어도 악 치듯 보채는구나.

흥부 아내 하릴없어 흥부 오기 기다릴 제 의복 치장 볼작시면 깃만 남은 저고리, 다 떨어진 누비바지, 몽당치마 떨쳐입고 목만 남은 헌 버선에 뒤축 없는 짚신 신고, 문밖에 썩 나서며 머리 위에 손을 얹고 기다릴 제 칠년 대한 가문 날에 비 오기 기다리듯,

독수공방에 낭군 기다리듯, 춘향이 죽게 되어 이도령 기다리듯, 과년한 노처녀 시집가기 기다리듯, 삼십 넘은 노도령 장가가기 기다리듯, 장중(場中)에 들어가서 과거하기 기다리듯, 세 끼를 굶어 누운 자식 흥부 오기 기다린다.

"애고애고, 설운지고."

흥부 울며 건너오니 흥부 아내 내달아 두 손목을 덥석 잡고,

"우지 마오, 어찌하여 울으시오. 형님 전에 말하다가 매를 맞고 건너옵사? 출문망(出門望) 허위허위 오는 사람 몇몇이 날 속인고. 어찌하여 이제 옵나?"

흥부는 어진 사람이라 하는 말,

"형님이 서울 가고 아니 계시기에 그저 왔습네."

"그러하면 저를 어쩌하잔 말고. 짚신이나 삼아 팔아 자식들을 살려 내옵소. 짚이 있나 저 건너 장자(長者) 집에 가서 얻어 보옵소."

흥부 거동 보소, 장자 집에 가서,

"장자님 계시오?"

"게 누군고."

"흥부요."

"흥부 어찌 왔노."

"장자님, 편히 계시오니이까."

"자네는 어찌나 지내오."

"지내노라니 오죽하오. 짚 한 단만 주시면 짚신을 삼아 팔아 자식들을 살리겠소."

"그리하소. 불쌍하이."

하고 종을 불러 좋은 짚으로 서너 단 갖다가 주니, 흥부 짚을 가지고 건너와서 짚신을 삼아 한 죽에 서 돈 받고 양식을 팔아 밥을 지어 처자식과 먹은 후에, 이리하여도 살 길 없어 흥부 아내 하는 말이,

"우리 품이나 팔아 봅세."

흥부 아내 품을 팔 제 용정 방아 키질하기, 매주 가에 술 거르기, 초상집에 제복 짓기, 제사(祭祀) 집에 그릇 닦기, 제사 집에 떡 만들기, 언 손 불고 오줌 치기, 해빙하면 나물 뜯기, 춘모 갈아 보리 찧기,

온갖으로 품을 팔고, 흥부는 정이월에 가래질하기,
이삼월에 붙임하기, 일등 전답 못논 갈기, 입하 전
에 면화 갈기, 이집 저집 이영 엮기, 더운 날에 보
리 치기, 비 오는 날 멍석 걷기, 원산 근
산 시초(柴草) 베기, 무곡(貿穀) 주인 역
인 지기, 각읍(各邑) 주인 삯길 가기, 술
만 먹고 말짐 싣기, 오 푼 받고 마철 박기,
두 푼 받고 똥 재치기, 한 푼 받고 비 매기,
식전에 마당 쓸기, 저녁에 아해 만들기, 온
가지로 다 하여도 끼니가 간 데 없네.

　이때 본읍 김좌수가 흥부를 불러 하는 말이,
　"돈 삼십 냥을 줄 것이니 내 대신으로 감영(監營)
에 가 매를 맞고 오라."
　하니 흥부 생각하되 삼십 냥을 받아 열 냥어치 양
식 팔고, 닷 냥어치 반찬 사고, 닷 냥어치 나무 사
고 열 냥이 남거든 매 맞고 와서 몸조섭을 하리라
하고 감영으로 가려 할 제 흥부 아내 하는 말이,

"가지 마오. 부모 혈육을 가지고 매품이란 말이 우엔 말이요."

하고 아무리 만류하되 종시 듣지 아니하고 감영으로 내려가더니, 아니 되는 놈은 자빠져도 코가 깨진다고, 마침 나라에서 사가 내려 죄인을 방송하시니 흥부 매품도 못 팔고 그저 온다. 흥부 아내 내달아 하는 말이,

"매를 맞고 왔습나?"

"아니 맞고 왔습네."

"애고, 좋쇠. 부모유체로 매품이 무슨 일고."

흥부 울며 하는 말이,

"애고애고, 설운지고. 매품 팔아 여차여차 하자 하였더니 이를 어찌하잔 말고."

흥부 아내 하는 말이,

"우지 마오, 제발 덕분 우지 마오. 봉제사 자손 되어 나서 금화금벌(禁火禁伐) 뉘라 하며, 가모(家母) 되어 나서 낭군을 못살리니 여자 행실 참혹하고, 유자유녀 못 차리니 어미 도리 없는지라 이를 어찌할꼬.

애고애고, 설운지고. 피눈물이 반죽되던 아황 여영의 설움이요, 조작가 지어내던 우마시의 설움이요, 반야산(蟠耶山) 바위틈에 숙낭자의 설움을 적자 한들 어느 책에 다 적으며, 만경창파 구곡수(九曲水)를 말 말이 두량(斗量)할 양이면 어느 말로 다 되며, 구만 리장천을 자자이 재련들 어느 자로 다 잴꼬. 이런 설움 저런 설움 다 후리쳐 버려두고 이내 나만 죽고 지고."

하며 두 주먹을 불끈 쥐어 가슴을 쾅쾅 두드리니 흥부 역시 비감하여 이른 말이,

"우지 마오. 안연 같은 성인도 안빈낙도하였고, 부암에 담 쌓던 부열(傅說)이도 무정(武丁)을 만나 재상이 되었고, 산야에 밭 갈던 이윤(伊尹)이도 은탕(殷湯)을 만나 귀하게 되었고, 한신(韓信) 같은 영웅도 초년 곤궁하다가 한나라 원융(元戎)이 되었으니 어찌 아니 거룩하뇨. 우리도 마음만 옳게 먹고 되는 때를 기다려 봅세."

하여 그달 저달 다 지내고 춘절이 돌아오니 흥부

가 이왕 식자는 있는지라, 수숫대로 지은 집에 입춘을 써 붙이되 글자를 새겨 붙었구나. 겨울 동자(冬字), 갈 거자(去字), 천지간에 좋을시고. 봄 춘자(春字), 올 래자(來字), 녹음방초 날 비자(飛字), 우는 것은 짐승 수자(數字), 나는 것은 새 조자(鳥字), 연비려천(鳶飛戾天) 소리 개 연자(鳶字), 오색의관 꿩 치자(雉字), 월삼경 파화지상에 슬피 우는 두견 견자(鵑字), 쌍거쌍래 제비 연자(燕字), 인간만물 찾을 심자(尋字), 이 집으로 들 입자(入字), 일월도 박식(迫蝕)하고 음양도 소생커든 하물며 인물이야 성식(聲息)인들 없을쏘냐.

삼월 삼일 다다르니 소상강 떼기러기 가노라 하직하고 강남서 나온 제비 왔노라 현신할 제, 오대양에 앉았다가 비래비거 넘놀면서 흥부가 보고 반겨라고 좋을 호자(好字) 지저귀니 흥부가 제비를 보고 경계하는 말이,

"고대광실 많건마는 수숫대 집에 와서 네 집을 지

었다가 오뉴월 장마에 털썩 무너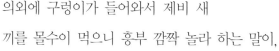
지면 그 아니 낭패 오냐?"

제비 듣지 아니하고 흙을
물어 집을 짓고 알을 안아 깨
인 후에 날기 공부 힘쓸 때에,
의외에 구렁이가 들어와서 제비 새
끼를 몰수이 먹으니 흥부 깜짝 놀라 하는 말이,

"흉악하다, 저 짐승아. 고량(膏粱)도 많건마는 무
죄한 저 새끼를 몰식(沒食)하니 악착하다. 제비 새끼
대성 황제 나 계시고 불식 고량 살아나니 인간에 해
가 없고, 옛 주인을 찾아오니 제 뜻이 유정하되 제
새끼를 이제 다 참척(慘慽)을 보니 어찌 아니 불쌍하
리. 저 짐승아, 패공의 용천검이 적혈이 비등할 제
백제(百帝)의 영혼인가, 신장도 장할시고. 영주 광야
(永州廣野) 너른 뜰에 숙낭자에 해를 입히던 풍사망
의 구렁인가, 머리도 흉악하다."

이렇듯 경계할 제 이에 제비 새끼 하나가 공중에
서 뚝 떨어져 재발 틈에 발이 빠져 두 발목이 자끈

부러져 피를 흘리고 발발 떨거늘, 흥부가 보고 펄적 뛰어 달려들어 제비 새끼를 손에 들고 불쌍히 여겨 하는 말이,

"불쌍하다, 이 제비야. 은왕 성탕 은혜 미쳐 금수를 사랑하여 다 길러 내었더니 이 지경이 되었으매 어찌 아니 가련하리. 여봅소, 아기 어미. 무슨 당사실 있습네?"

"애고, 굶기를 부자의 밥 먹듯 하며 무슨 당사실이 있단 말이요."

하고 천만 의외 실 한 닢 얻어 주거늘, 흥부가 칠산 조기 껍질을 벗겨 제비 다리를 싸고 실로 찬찬 동여 찬 이슬에 얹어 두니, 십여 일이 지난 뒤 다리 완구하여 제 곳으로 가려 하고 하직할 제 흥부가 비감하여 하는 말이,

"먼 길에 잘들 가고 명년 삼월에 다시 보자."

하니 저 제비 거동 보소. 양우(揚羽) 광풍(狂風) 몸을 날려 백운을 냉소하고 주야로 날아 강남을 득달하니 제비 황제 보고 묻되,

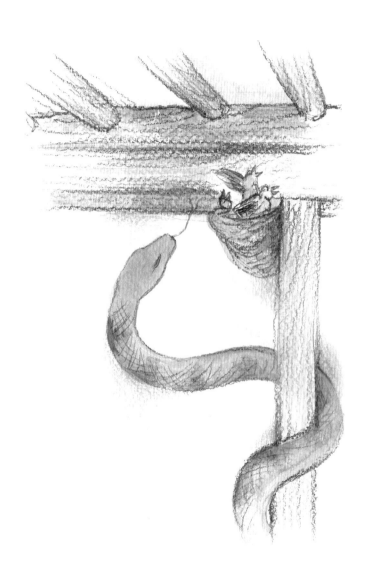

"너는 어이 저나니?"

제비 여쭈오되,

"소신의 부모가 조선에 나가 흥부의 집에다가 득
주(得住)하고 소신 등 형제를 낳았삽더니, 의외 구렁
이의 변을 만나 소신의 형제 다 죽고, 소신이 홀로
아니 죽으려 하여 바르작거리다가 뚝 떨어져 두 발
목이 자끈 부러져 피를 흘리고 발발 떠온즉, 흥부가
여차여차하여 절각(折脚)이 의구하와 이제 돌아왔사
오니 그 은혜를 십분지 일이라도 갚기를 바라나이
다."

제비 황제 하교하되,

"그런 은공을 몰라서는 행세치 못할 금수라. 네
박씨를 갖다 주어 은혜를 갚으라."

하니 제비 사은하고 박씨를 물고 삼월 삼일이 다
다르니 제비 건공에 떠서 여러 날 만에 흥부 집에
이르러 넘놀 적에, 북해 흑룡이 여의주를 물고 채운
간에 넘노는 듯, 단산 채봉이 죽실을 물고 오동상에
넘노는 듯, 춘풍 황앵이 나비를 물고 세류변에 넘노

는 듯, 이리 갸웃 저리 갸웃 넘노는 것 흥부 잠깐 보고 낙락하여 하는 말이,

"여봅소. 거년 가던 제비 무엇을 입에 물고 와서 넘노옵네."

이렇듯 말할 제 제비 박씨를 흥부 앞에 떨어뜨리니, 흥부가 집어 보니 한 가운데 보은표(報恩瓢)라 금자로 새겼거늘 흥부 하는 말이,

"수안(隨岸)의 배암이 구슬을 물어다가 살린 은혜를 갚았으니, 저도 또한 생각하고 나를 갖다 주니 이것이 또한 보배로다."

흥부 아내 묻는 말이,

"그 가운데 누르스름한 것이 아마 금인가 보외."

흥부가 대답하되,

"금은 이제 없나니, 초한적의 진평(陳平)이가 범아부(范亞夫)를 쫓으려고 황금 사만 근을 흩었으니 금은 이제 절종되었습네."

"그러하면 옥인가 보외."

"옥도 이제는 없나니, 곤륜산에 불이 붙어 옥석이 구분(俱焚)하였으니 옥도 이제 없습네."

"그러하면 야광주인가 보외."

"야광주도 이제는 없나니, 제위왕(濟魏王)이 위혜왕(衛惠王)의 십이승(十二升) 야광주를 보고 깨어 버렸으니 야광주도 이제 없습네."

"그러하면 유리 호박인가 보외."

"유리 호박도 이제는 없나니, 주세종(周世宗)이 탐장(貪臟)할 제 당나라 장갈(張褐)이가 술잔 만드노라고 다 들였으니 유리 호박도 이제 없습네."

"그러하면 쇠인가 보외."

"쇠도 없나니, 진시황 위엄으로 구주(九州)의 쇠를 모아 금인(金人) 열 둘을 만들었으니 쇠도 없습네."

"그러하면 대모 산호인가 보외."

"대모 산호도 없나니, 대모갑(玳瑁甲)은 병풍이요, 산호수는 난간이라. 광리왕(廣利王)이 상문(桑門)의 수궁 보물을 다 들였으니 이제는 없습네."

"그러하면 무엇인고?"

흥부가 내달아 하는 말이,

"옳다, 이것이 박씨로다."

하고 날을 보아 동편 처마 담장 아래 심어 두었더니 삼사일에 순이 나서 마디마디 잎이요, 줄기줄기 꽃이 피어 박 네 통이 열렸으되, 고마수영 전설같이 대동강상의 당도리같이 덩그렇게 달렸구나.

흥부가 반기 여겨 문자로써 말하되,

"유월에 화락하니 칠월에 성
실이라. 대자(大者)는 여항(如
缸)하고 소자는 여분이라. 어찌
아니 좋을쏘냐. 여봅소, 비단

이 한 끼라 하니 한 통을 따서 속일랑 지져 먹고 바가지는 팔아 쌀을 팔아다가 밥을 지어 먹어 봅세."

흥부 아내 하는 말이,

"그 박이 유명하니 한로(寒露)를 아주 마쳐 견실커든 따 봅세."

그달 저달 다 지나가고 팔구월이 다다라서 아주

견실하였으니 박 한 통을 따 놓고 양주(兩主) 켠다.

"슬근슬근 톱질이야. 당기어 주소, 톱질이야. 북창 한월(北窓寒月) 성미파(聲未罷)에 동자박(童子朴)도 가야(可也)로다, 슬근슬근 톱질이야. 당하자손 만세평(當下子孫 萬世平)에 세간박도 가야로다, 슬근슬근 톱질이야."

툭 타 놓으니 오운이 일어나며 청의동자 한 쌍이 나오니 저 동자 거동 보소. 약비봉래환학동(若非奉萊喚鶴童)이면 필시 천대채약동(天臺採藥童)이라. 좌수에 유리반, 우수에 대모반을 눈 위에 높이 들어 재배하고 하는 말이,

"천은병(天銀甁)에 넣은 것은 죽은 사람을 살려 내

는 환혼주(還魂酒)요, 백옥병에 넣은 것은 소경 눈을 뜨이는 개안주(開眼酒)요, 금잔지(金盞紙)로 봉한 것은 벙어리 말하게 하는 개언초(開言초)요, 대모 접시에는 불로초요, 유리 접시에는 불사약이니 값으로 의논하면 억만 냥이 넘사오니 매매하여 쓰옵소서."

하고 간데없는지라. 흥부 거동 보소.

"얼씨구절씨구, 즐겁도다. 세상에 부자 많다 한들 사람 살리는 약이 있을쏘냐?"

흥부 아내 하는 말이,

"우리 집 약게 배판한 줄 알고 약 사러 올 이 없고, 아직 효험 빠르기는 밥만 못하외."

흥부 말이,

"그러하면 저 통에 밥이 들었나 타 봅세."

하고 또 한 통을 탄다.

"슬근슬근 톱질이야, 우리 가난하기 일읍에 유명하매 주야 설워하더니, 부지허명(不知許名) 고대 천 냥 일조에 얻었으니 어찌 아니 좋을쏘냐. 슬근슬근 톱질이야. 어서 타세, 톱질이야."

툭 타 놓으니 온갖 세간이 들었으되 자개함롱·반달이·용장·봉장·제두주·쇄금들미 삼층장·게자다리 옷걸이·쌍룡 그린 빗접고비·용두머리 장목비·놋촛대·광명두리·요강·타구 벌여 놓고, 선단이불 비단 요며 원앙금침 잣베개를 쌓아 놓고, 사랑 기물 볼작시면 용목쾌상·벼룻집·화류 책장·가께수리·용연 벼루·앵무 연적 벌여 놓고, 천자·유합(類合)·동몽선습·사략·통감·논어·맹자·시전·서전·소학·대학 등 책을 쌓았고, 그 곁에 안경·석경(石鏡)·화경·육칠경·각색 필묵 퇴침에 늘어 있고, 부엌 기물을 의논컨대 노구새·옹곱돌솥·왜솥·절솥·통노구 무쇠·두멍 다리쇠 받쳐 있고, 왜하기(倭火器)·당화기·동래반상(東來盤床)·안성유기(安城鍮器) 등물 찬장에 들어 있고, 함박·쪽박이·남박·항아리·옹박이·동체·깁체·어러미·침채(沈菜)독·장독·가마·승교 등물이 꾸역꾸역 나오니 어찌 아니 좋을쏜가. 또 한 통을 탄다.

"슬근슬근 톱질이야. 우리 일을 생각하니 엊그제

가 꿈이로다. 부지허명 고대 천 냥을 일조에 얻었으니 어찌 아니 즐거우랴. 슬근슬근 톱질이야."

툭 타 놓으니 집 지위와 오곡이 나온다. 명당에 집터를 닦아 안방·대청·행랑·몸채·내외 분합 물림퇴·살미살창·가로닫이 입 구자로 지어 놓고, 앞뒤 장원, 마구 곡간 등속을 좌우에 벌여 짓고, 양지에 방아 걸고 음지에 우물 파고, 울안에 벌통 놓고 울 밖에 원두 놓고 온갖 곡식 다 들었다.

동편 곡간에 벼 오천 석, 서편 곡간에 쌀 오천 석, 두태(豆太) 잡곡 오천 석, 참깨 들깨 각 삼천 석 딴 노적하여 있고, 돈 십만 구천 냥 은고 안에 쌓아 두고, 일용전 오백열 냥은 벽장 안에 넣어 두고, 온갖 비단 다 들었다.

모단·대단·이광단, 궁초·숙초·쌍문초, 제갈 선생 와룡단, 조자룡의 상사단, 뭉게뭉게 운문

대단, 또드락꿉벅 말굽장단, 대천바다 자개문장단, 해 돋았다 일광단, 달 돋았다 월광단, 요지왕모 천도문, 구십춘광 명주문, 엄동설한 육화문, 대접문·완자문, 한단·영초단·각색 비단 한 필이 들어 있고, 길주 명천 좋은 베, 회령 종성 고운 베, 온갖 베와 한산모시·장성모시·계추리·황저포 등 모든 모시와 고양 화전 이생원의 맏딸이 보름 만에 마쳐 내는 난대 하세목, 송도 야다리목, 강진 내이 황주목, 의성목 한편에 들어 있고, 말매미 같은 사내종과 열쇠 같은 아이종과 앵무 같은 계집종이 나며 들며 사환하고, 우걱부리·잣박부리·사족발이·고리눈이 우억우억 실어 들여서 앞뜰에도 노적이요, 뒤뜰에도 노적이요, 안방에도 노적이요, 부엌에도 노적이요, 담발담발 노적이라, 어찌 아니 좋을쏘냐.

흥부 아내 좋아라고,

"여봅소, 이녁이나 내나 옷이 없으니 비단으로 왼몸을 감아 봅세."

덤불 밑에 조그만 박 한 통을 따서 켜려 하니 흥

부 아내 하는 말이,

"그 박일랑 켜지 맙소."

흥부가 대답하되,

"내 복에 태인 것이니 켜겠습네."

하고 손으로 켜내니 어여쁜 계집이 나오며 흥부에게 절을 하니 흥부 놀라 묻는 말이,

"뉘라 하시오?"

"내가 비요."

"비라 하니 무슨 비요?"

"양귀비요."

"그러하면 어찌하여 왔소?"

"강남 황제가 날더러 그대의 첩이 되라 하시기에 왔으니 귀히 보소서."

하니 흥부는 좋아하되 흥부 아내 내색하여 하는 말이,

"애고, 저 꼴을 뉘가 볼꼬. 내 언제부터 켜지 말자 하였지."

하며 이렇듯 호의호식 태평히 지낼 제 놀부 놈이

흥부의 잘 산단 말을 듣고 생각하되,

'건너가 이놈을 욱대기면 반은 나를 주리라.'

하고 흥부 집에 들어가지 아니하고 문밖에 서서,

"이놈, 흥부야."

흥부 대답하고 나와 놀부의 손을 잡고 하는 말이,

"형님, 이것이 웬일이요. 형제끼리 내외하단 말은 불가사문 어린국(不可使聞 於隣國)이니, 어서 들어가사이다."

하니 놀부 놈이 떨더리며 하는 말이,

"네가 요사이 밤이슬을 맞는다 하는구나."

흥부가 어이없어 하는 말이,

"밤이슬이 무엇이요?"

놀부 놈이 대답하되,

"네 도적질한다는구나."

흥부 이른 말이,

“형님, 이것이 웬 말이요.”

하고 전후사연을 일일이 설파하니 놀부 다 듣고,

그러하면 들어가 보자, 하고 안으로 들이달아 보니

양귀비 나와 뵈거늘, 놀부 보고 하는 말이,

“웬 부인이냐.”

흥부 곁에 있다가 대답하되,

“내 첩이요.”

“어따, 이놈. 네게 웬 첩이 있으리오. 날 다고.”

화초장을 보고,

“저것이 무엇이뇨.”

“그게 화초장이요.”

“날 다고.”

“애고, 사랑도 아니 뗐소.”

“이놈아, 네 것이 내 것이요, 내 것이 네 것이요,

내 계집이 네 계집이요, 네 계집이 내 계집이라.”

“그러하면 종 하여 보내오리다.”

“이놈, 네게 종이 있단 말가. 어서 질빵 걸어 다

고. 내 지고 가마.”

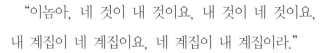

"그러하면 그러하오."

질빵 걸어 주니 놀부 짊어지고 가며 화초장을 생각하며 화초장, 화초장 하며 가더니 개천 건너뛰다가 잊어버리고 생각하되 간장인가 초장인가 하며 집으로 오니 놀부 아내 묻는 말이,

"그것이 무엇이온고?"

"이것 모르옵나?"

"애고, 모르니 무엇인지."

"분명 모르옵나?"

"저 건너 양반의 집에서 화초장이라 하옵데."

"내 언제부터 화초장이라 하였지."

놀부 놈 거동 보소. 동지섣달부터 제비를 기다린다. 그물 막대 둘러메고 제비를 몰러 갈 제, 한 곳 바라보니 한 즘생이 떠들어오니 놀부 놈이 보고,

"제비 인제 온다."

하고 보니 태백산 갈가마귀 차돌도 돌고 바이 못 얻어먹고 주려 청천에 높이 떠 갈곡갈곡 울고 가니,

놀부 눈을 멀겋게 뜨고 보다가 하릴없
어 동릿집으로 다니면서 제비를 제
집으로 몰아들이되 제비가 아니 온다.

그달 저달 다 지내고 삼월 삼일 다다르니 강남서
나온 제비 옛집을 찾으려 하고 오락가락 넘놀 적에,
놀부 사면에 제비 집을 지어 놓고 제비를 들이모니
그중 팔자 사나운 제비 하나가 놀부 집에 흙을 물어
집을 짓고 알을 낳아 안으려 할 제, 놀부 놈이 주야
로 제비 집 앞에 대령하여 가끔가끔 만져 본즉 알이
다 곯고 다만 하나가 깨였는지라.

날기 공부 힘쓸 제, 구렁 배암 아니 오니 놀부 민
망 답답하여 제 손으로 제비 새끼 잡아내려 두 발목
을 자끈 부러뜨리고 제가 깜짝 놀라 이르는 말이,

"가련하다, 이 제비야."

하고 자개 껍질을 얻어 찬찬 동여 뱃놈의 닻줄 감
듯 삼층 얼레 연줄 감듯 하여 제집에 얹어 두었더니
십여 일 후 그 제비 구월 구일을 당하여 두 날개 펼
쳐 강남으로 들어가니 강남 황제 각처 제비를 점고

할 제 이 제비 다리를 절고 들어와 복지한대, 황제 제신으로 하여금 그 연고를 사실하여 아뢰라 하시니 제비 아뢰되,

"상년에 웬 박씨를 내어보내 흥부가 부자 되었다 하여 그 형 놀부 놈이 나를 여차여차하여 절뚝발이 되었사오니 이 원수를 어찌하여 갚고자 하나이다."

황제 이 말을 들으시고 대경하여 가라사대,

"이놈, 이제 전답 재물이 유여하되 동기를 모르고 오륜에 벗어난 놈을 그저 두지 못할 것이요, 또한 네 원수를 갚아 주리라."

하고 박씨 하나를 보수표(報讐瓢)라 금자로 새겨 주니, 제비 받아 가지고 명년 삼월을 기다려 청천을 무릅쓰고 백운을 박차 날개를 부쳐 높이 떠 높은 봉, 낮은 뫼를 넘으며 깊은 바다 너른 시내며 개골창 잔

돌바위를 훨훨 넘어 놀부 집
을 바라보고 너훌너
훌 넘놀거늘, 놀부 놈
이 제비를 보고 반겨
할 제 제비 물었던 박씨를 툭 떨어뜨리니, 놀부 놈
이 집어 보고 낙락하여 뒷 담장 처마 밑에 거름 놓
고 심었더니 사오일 후에 순이 나서 덩굴이 뻗어 마
디마디 잎이요, 줄기줄기 꽃이 피어 박 십여 통이
열렸으니 놀부 놈이 하는 말이,

"흥부는 세 통을 가지고 부자가 되었으니 나는 장
자 되리로다. 석숭(石崇)을 행랑에 넣고 예황제를 부
러워할 개아들 없다."

하고 굴지계일(屈指計日)하여 팔구월을 기다린다.

때를 당하여 박을 켜랴 하고 김지위, 이지위, 동
리 머슴, 이웃 총각, 건넛집 쌍언청이를 다 청하여
삯을 주고 박을 켤 제, 째보 놈이 한 통의 삯을 정
하고 켜자 하니 놀부 마음에 흐뭇하여 매 통에 열

냥씩 정하고 박을 켠다.

"슬근슬근 톱질이야."

힘써 켜고 보니 한 떼 가얏고쟁이 나오며 하는 말이,

"우리 놀부 인심이 좋고 풍류를 좋아한다 하기에 놀고 가옵세."

둥덩둥덩 둥덩둥덩하거늘, 놀부가 이를 보고 째보를 원망하는 말이,

"톱도 잘못 당기고 네 콧소리에 보화가 변하였는가 싶으니 소리를 일병 하지 말라."

하니 째보 삯 받기에 한 말도 못하고 그리하라 하니 놀부 일변 돈 백 냥을 주어 보내고, 또 한 통 타고 보니 무수한 노승이 목탁을 두드리며 나와 하는 말이,

"우리는 강남 황제 원당시주승(願堂施主僧)이라."

하니 놀부 놈이 어이없어 돈 오백 냥을 주어 보내거늘 째보 하는 말이,

"지금도 내 탓이냐?"

하고 이죽거리니 놀부 이 형상을 보고 통분하여 성결에 또 한 통을 따 오니 놀부 아내 말리는 말이,

"제발 덕분에 켜지 마오. 그 박을 켜다가는 패가 망신할 것이니 덕분에 마오."

놀부 놈이 하는 말이,

"소사(小邪)한 계집년이 무슨 일을 아는 체하여 방정맞게 날뛰는가."

하며 또 켜고 보니 요령 소리 나며 상제 하나가 나오며,

"어이어이, 이보시오, 벗님네야. 통자 운을 달아 박을 헤리라. 헌원씨(軒轅氏) 배를 무어 타고 가니 이제 불통코, 대성현(大聖賢) 칠십 제자가 육례를 능통하니 높고 높은 도통이라. 제갈량의 능통지략 천문을 상통지리를 달통하기는 한나라 방통(龐統)이요, 당나라 굴돌통(屈突通) 글강의 순통(純通)이요, 호반(虎斑)의 전통통(箭筒通)이요, 강릉 삼척 꿀벌통, 속이 답답 흉복통, 호란의 입식통(立食桶), 도감 포수 화약통, 아기 어미 젖통, 다 터진다, 놀부 애통이야. 어

서 타라. 이놈, 놀부야. 네 상전이 죽었으니 네 안방을 치우고 제물을 차려라."

하며 애고애고 하거늘 놀부 하릴없어 돈 오천 냥을 주어 보내고, 또 한 통을 타고 보니 팔도 무당이 나오며 각색 소리하고 뭉게뭉게 나아오는데,

"청유레리 황유리라 화장청라 저계온대부진 각시가 놀으소서. 밤은 다섯, 낮은 일곱, 유리 여섯, 사십 용왕 팔만 황제 놀으소서. 내 집 성주는 와가성주요, 네 집 성주는 초가성주, 가내마다 걸망성주, 오막성주, 집동성주가 철철이 놀으소서. 초년 성주 열일곱, 중년 성주 스물일곱, 마지막 성주 쉰일곱, 성주 삼위가 놀으소서."

하며 또 한 무당 소리하되,

"성황당 뻐꾸기 새야, 너는 어이 우짖나니. 속 빈 공양 나무에 새 잎 나라 우짖노라. 새 잎이 이울어지니 속 잎 날까 하노라. 넋이야, 넋이로

다. 녹양산(綠楊山) 전세만(煎歲晚)일세. 영이별 세상 하니 정수(定數) 없는 길이로다. 이화제석, 소함제석, 제불 제천대신, 몸주 벼락대신."

이렇듯 소리하며 또 한 무당 소리하되,

"바람아, 월궁의 달월이로세. 일광의 월광, 강신(降神) 마누라, 전물(奠物)로 내리소서. 하루도 열두 시, 한 달 서른 날, 일년 열두 달, 과년 열석 달, 백사를 도와주시옵는 안광당·국수당 마누라, 개성부 덕물산(德勿山) 최영 장군 마누라, 왕십리 아기씨당 마누라, 고개고개 두좌하옵신 성황당 마누라, 전물로 내리사이다."

이렇듯 소리하거늘, 놀부 이 형상을 보고 식혜 먹은 고양이 같은지라. 무당들이 장구통으로 놀부의 흥복을 치며 생난장을 치니 놀부 울며 하는 말이,

"이 어인 곡절인지 죄나 알고 죽어지라."

하는데 무당들이 하는 말이,

"다름이 아니라 우리 굿한 값을 내되 일 푼 여축 없이 오천 냥만 내라."

하거늘 놀부 하릴없이 오천 냥을 준 연후에 성즉
성 패즉패(成卽成 敗卽敗)라 하고, 또 한 통을 따 놓
고 째보 놈더러 당부하되,

"전 것은 다 헛것이 되었으니, 다시 시비할 개아
들 없으니 어서 톱질 시작하자."

하니 째보 하는 말이,

"또 중병 나면 뉘게 떼를 써 보려느냐. 우습게 아
들 소리 말고 유복한 놈 데리고 타라."

하거늘 놀부 하는 말이,

"이 용렬한 사람아, 내가 맹서를 하여도 이리 하
나. 만일 다시 군말하거든 내 뺨을 개 뺨치듯 하소."

하며 우선 선셈 열 냥을 채우거늘, 째보 그제야
비위 동하여 조랑이를 받아 수세(手洗)하고 박을 탈
새, 놀부 반만 타고 귀를 기울여 눈이 나오도록 들
여다보니 박 속에 금빛이 비치거늘, 놀부 가장 기뻐
아는 체하고,

"이애, 째보야. 저것 뵈느냐? 이번은 완구한 금독
이 나온다. 어서 타고 보자."

하며 슬근슬근 톱질이야, 툭 타 놓고 보니 만여 명 등짐군이 빛 좋은 누른 농을 지고 꿰역꿰역 나오는지라. 놀부 놀라 묻는 말이,

"그것이 무엇인고?"

"경이요."

"경이라 하니 면경과 석경이냐, 천리경 만리경이냐, 그 무슨 경인고?"

"요지경이요. 얼씨구절씨구, 요지연을 둘러보소. 이선(李仙)의 숙향(淑香), 당명황의 양귀비요, 항우의 우미인, 여포의 초선이, 팔선녀를 둘러보소. 영양공주·난양공주·진채봉·가춘운·심요연·백능파·계섬월·적경홍 다 둘러보소."

하며 집을 떠이니 놀부 하릴없어 돈 오백 냥을 주어 보내고, 또 한 통을 타고 보니 천여 명 초라니 일시에 내달아 오도방정을 떨되,

"바람아, 바람아, 소소리 바람에 불렸는다. 동남풍에 불렸는다. 대자 운을 달아 보자. 하걸(夏桀)의 경

궁요대(瓊宮瑤臺), 달기(妲己)로 희롱하던 상주(商周)적 녹대(鹿臺) 올라 가니, 멀고 먼 봉황대, 보기 좋은 고소대(姑蘇臺), 만세무궁 춘당대(春塘臺), 금근마병(禁軍馬兵) 오마대, 한무제 백양대, 조조의 동작대(銅雀臺), 천대, 만대, 저대, 이대, 온갖 대라. 본대 익은 면대로세. 대대야."

일시에 내달으며 달려들어 놀부를 덜미잡이하여 가로 떨어치니 놀부 거꾸로 떨어져,

"애고애고, 초라니 형님. 이것이 어인 일이요. 생사람을 병신 만들지 말고 분부하면 하라는 대로 하리이다."

하고 손이 발이 되도록 빌거늘 초라니 하는 말이,

"이놈, 목숨이 귀하냐, 돈이 귀하냐. 네 명을 보전하려거든 돈 오천 냥만 내어라."

놀부 생각하되 일이 도무지 틀렸으매 앙탈하여 쓸데없다 하고 돈 오천 냥을 내어 주며,

"앞 통 속을 자세히 알거든 일러 달라."

하니 초라니 대답하되,

"우리는 각 통이라 자세치 못하거니와, 어느 통인지 분명히 생금독이 들었으니 도모지 타고 보라."

하고 흔적 없이 가더라. 놀부 이 말을 듣고 허욕이 북받쳐 동산으로 치달아 박 한 통을 따다가 켜라 하니, 째보 가장 위로하는 체하고 하는 말이,

"이 사람아, 그만 켜소. 다 그러할까 하네. 돈을 들이고 자네 매 맞는 양을 보니 내가 아니 타겠네. 그만 쉬어 사오일 후에 또 타 보세."

하니 놀부 하는 말이,

"아무렴 오죽할까? 아직도 돈냥이 있으니 또 그럴 양으로 마저 타고 보자."

하고 타려 할 제 째보가 하는 말이,

"자네 마음이 그러하니 굳이 말리지 못하거니와, 이번 박 타는 삯도 먼저 내어 오소."

하니 놀부 또 열 냥을 선급하고 한참을 타다가 귀를 기울여 들으니 사람이 숙덕거리는 소리 나거늘,

놀부 이 소리를 듣고 가슴이 끔찍하여 미어지는 듯 숨이 차 헐떡헐떡이다가 한마디 소리 지르고 자빠지거늘 째보 하는 말이,

"그 무엇을 보고 이다지 놀라는가?"

놀부 하는 말이,

"자네는 귀가 먹었는가, 이 소리를 못 듣는가? 또 자박이만한 일이 벌어졌네. 이 박은 그만둘밖에 하릴없네."

하니 박 속에서 호령하는 말이,

"이놈, 놀부야. 그만둔단 말이 무슨 말인고. 바삐 타라."

하거늘 놀부 하릴없어 마저 타니, 양반 천여 명이 말콩망태를 쓰고 우그럭 벙거지 쓴 놈을 데리고 나오면서 각각 풍월을 하되, 서남협구(西南峽口) 무산벽(巫山壁)하니 대강이 번안신예연을, 추강(秋江)이 적막어룡냉(寂寞漁龍冷)하니 인재서풍중선루(人在西風仲宣樓)라. 혹 대학도 읽으며 혹 맹자도 읽으며 이렇

듯 집을 뒤지는지라. 놀부 이 형상을 보고 빼려 하니 양반이 호령하되,

"하인 없느냐, 저놈이 그치려 하니 바삐 움쳐라."

하니 여러 하인이 달려들어 열 손가락을 벌려다가 팔매 뺨을 눈에 불이 번쩍 나도록 치며, 덜미 잡고 오줌이 진상하여 깔리거늘 양반이 분부하되,

"네 그놈의 대고리를 빼어 밑구멍에 박으라. 네 달아나면 면할까? 바람갑이라 하늘로 오르며 두더지라 땅으로 들까? 상전을 모르고 거만하니 저런 놈은 사매로 쳐 죽이리라."

놀부 비는 말이,

"과연 몰랐사오니 생원님 덕분에 살려지이다."

양반이 하인을 불러 농을 열고 문서를 주섬주섬 내어놓고 하는 말이,

"네 이 문서를 보라. 삼대가 우리 종이로다. 오늘에야 너를 찾았으니 내 속량(贖良)을 하든지 연년이 공을 하든지 작정하고, 그렇지 아니하거든 너를 잡아다가 부리리라."

놀부 여쭈오되,

"소인이 과연 잔속을 몰랐사오니 속량을 할진대 얼마나 하리이까?"

양반이 하는 말이,

"어찌 과히 하랴. 오천 냥만 바치고 문서를 찾아 가라."

하거늘 놀부 즉시 고문을 열고 오천 냥을 내어 주니라. 이때 놀부 계집이 이 말을 듣고 땅을 두드리며 울고 하는 말이,

"애고애고, 원수의 박일네. 난데없는 상전이라고 곡절 없는 속량은 무슨 일고? 이만 냥 돈을 이름 없이 줄 수 없으니 나의 못할 노릇 그만하오."

놀부 하는 말이,

"에라, 이년, 물렀거라. 또 일이 틀리겠다. 이번 돈 들인 것은 아깝지 아니하다. 상전을 두고서야 살 수 있느냐. 궁용한 판에 아는 듯 모르는 듯 잘되어 버렸다."

하며 또 동산에 올라가서 살펴보니 수통 박이 아

직도 무수한지라. 한 통을 따다 놓
고 타려 할 새 째보 하는 말이,

"이번은 선셈을 아니 하려나,
일은 일대로 할 것이니 삯을
내어 오소."

하니 놀부 이놈의 의수의 들어 돈 열 냥을 주며
하는 말이,

"자네도 보거니와 공연히 매만 맞고 생돈을 들이
니 그 아니 원통한가? 이번부터는 두 통에 열 냥씩
정하세."

하니 째보 허락하고 박을 반만 타다가 귀를 기울
여 들으니 소고 치는 소리가 들리는지라, 놀부 하는
말이,

"째보야, 이를 또 어찌하잔 말고."

째보하는 말이,

"이왕 시작한 것이니 어서 타고 구경하세. 슬근슬
근 톱질이야."

툭 타 놓고 보니 만여 명 사당거사(祠堂居士) 뭉게

뭉게 나오며 소고를 치며 다각다각 소리한다.

"오동추야 달 밝은 밤에 임 생각이 새로워라. 임도 나를 생각는가."

혹 방아타령, 혹 정주(定州)타령, 혹 유산가 · 달거리 · 둥타령, 혹 춘면곡(春眠曲), 권주가 등 온갖 가사를 부르며 거사 놈은 노방태 평양자, 길잡거사 길을 인도하고, 번개소고 번득이고 긴 염불 짧은 염불하며 나오면서 일변 놀부의 사족을 뜨며 허영 가래를 치니, 놀부 오장이 나올 듯하여 살고지라 애걸하니 사당거사들이 하는 말이,

"네 명을 지탱하려 하거든 논문서와 밭문서를 죄죄 내어 오라."

하거늘 놀부 견딜 수 없어 전답 문서를 주어 보내니라. 째보 하는 말이,

"나도 집에 볼 일 많으니 늦잡죄지 말고 어서 따오소. 종말에 설마 좋은 일이 없을까."

하니 놀부 또 비위 동하여 박을 따다가 타고 보니 만여 명 왈자들이 나오되 누구누구 나오던고. 이죽

이·떠죽이·난죽이·홧죽이·모죽이·바금이·딱정이·거절이·군평이·털평이·태평이·여숙이·무숙이·팥껍이·나돌몽이·쥐어부딪치기·난장몽둥이·아귀쇠·악착이·모로기·변통이·구변이·광면이·잣박이·믿음이·섭섭이·든든이, 우리 몽술이 아들놈이 휘몰아 나와 차례로 앉고, 놀부를 잡아내어 참바로 찬찬 동여 나무에 거꾸로 달고 집장(執杖)질하는 놈으로 팔 갈아가며 심심치 않게 족치며 왈자들이 공론하되,

"우리 통문 없이 이같은 모임이 쉽지 아니한 일이니 놀부 놈은 종차 밭길양으로 실컷 놀다가 헤어짐이 어떠뇨."

여러 왈자들이 좋다 하고 좌정한 후, 털평이 대강짱에 앉아 말을 내되,

"우리 잘하나 못하나 단가(短歌) 하나씩 부딪쳐 보세. 만일 개구(開口) 못하는 친구 있거든 떡메질하옵세."

공론을 돌리고 털평이 비두(鼻頭)로 소리를 내어 부르되,

"새벽비 일갠 후에 일와세라. 아이들아, 뒷뫼에 고사리가 하마 아니 자랐으랴. 오늘은 일찍 꺾어 오너라. 새 술 안주하여 보자."

또 무숙이 하나 하되,

"공변된 천하 없을 힘으로 어이 얻을쏜가. 진궁실 불지름도 오히려 무도하거든 하물며 의제를 죽이단 말가?"

또 군평이 뜨더귀 시조를 하되,

"사랑인들 임마다 하며 이별인들 다 설우랴. 임진강 대동수를 황릉묘(黃陵廟)에 두견이 운다. 동자야, 네 선생이 오거든 조리박 장사 못 얻으리."

또 팥껍질이 풍자 운을 단다.

"만국병전 초목풍(萬國兵前草木風), 취적가성 낙원풍(吹笛歌聲落遠風), 일지홍도 낙만풍, 제갈량의 동남풍, 어린아이 만경풍(慢驚風), 늙은 영감 변두풍(邊頭

風), 왜풍·광풍·청풍·양풍, 허다한 풍자 어찌 다 달리."

또 바금이 사자 운을 단다.

"한식동풍 어류사(寒食東風御柳斜) 원상한산 석경사(遠上寒山石經斜), 도연명(陶淵明)의 귀거래사(歸去來辭), 이태백(李太白)의 죽지사(竹枝詞), 굴삼려(屈三閭)의 어부사(漁夫辭), 양소유(楊小遊)의 양류사(楊柳詞) 그린 상사, 불사이자사(不思而自思), 이 사 저 사, 무수한 사자로다."

또 쥐어부딪치기 년자 운을 단다.

"적막강산 금백년(寂寞江山今百年), 강남풍월(江南風月) 한다년(恨多年), 우락중분 비백년(憂樂中分非百年) 인생부득 항소년(人生不得恒少季) 일장여소년(日長如少年), 한진부지년(寒盡不知年), 금년(金年), 거년(去年), 천년(千年), 만년(萬年), 억만년(億萬年)이로다."

또 나돌몽이 인자 운을 다니,

"양류청청 도수인(楊柳青青渡水人), 양화수쇄 도강인(楊花愁殺渡江人), 편삽수유 소일인(遍揷修柳少一人),

서출양관 무고인(西出陽關無故人), 역력사상인(易歷沙上人), 강청월근인(强淸月近人), 귀인, 철인, 만물지중(萬物之中) 유인(惟人)이 최귀(最貴)로다."

아귀쇠 절자 운을 단다.

"꽃 피었다 춘절, 잎 피었다 하절, 황국단풍 추절, 수락석출하니 동절, 정절, 충절, 마디절하니 절의(節義)로다."

또 악착이 덕자 운을 다니,

"세상에 사람이 되어 덕이 없이 무엇하리. 영화롭다 자손의 덕(德), 충효전가 조상의 덕, 교인화식(教人火食) 수인씨덕(燧人氏德), 용병간과 헌원씨(用兵干戈軒轅氏) 덕(德), 상백제중 신농씨(神農氏) 덕, 시획팔괘 복희씨(伏羲氏) 덕, 삼국 성주 유현덕, 촉국 명장 장익덕(張益德), 난세 간웅 조맹덕(曹孟德), 위의 명장 방덕(龐德), 당태종의 울지경덕(尉遲敬德), 이덕, 저 덕이 많건마는 큰 덕자가 덕이로다."

또 떠죽이 연자 운을 단다.

"황운새북(黃雲塞北)의 무인연(無人煙), 궁류저수(宮柳

底垂) 삼월연(三月煙), 장안성중(長安城中)의 월여련(月
如練), 내 연자가 이쁜인가."

또 변통이 질자 운을 모은다.

"삼국 풍진에 싸움질, 오월 염천에 선자질, 세우
강변 낚시질, 만첩청산 도끼질, 낙목공산 갈퀴질, 술
먹은 놈의 주정질, 마누라님 물레질, 며늘아기 바느
질, 좀영감은 잔말질, 사군영감 몽둥이질이야."

또 구변이 기자 운을 단다.

"곱창이 복장차기, 아이 밴 계집의 배때기 차기,
옹기 장수의 작대기 차기, 불붙는 데 키질하기, 해
산하는 데 개 잡기, 역신(疫神)하는 데 울타리 밑에
말뚝 박기, 서로 싸우는 데 그놈의 허리띠 끊고 달
아나기, 달음질하는 데 발 내밀기라."

이렇듯 돌린 후에 차례로 거주를 물을 제,

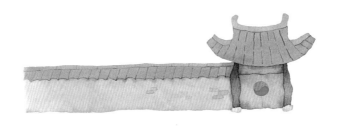

"저기 저 분은 어디 계시오?"

하니 한 놈이 대답하되,

"내 집은 왕골이요."

하거늘 그중 군평이 삭임질은 소 아래턱이 아니면 옴니 자식이라 하는 말이.

"게가 왕골 산다 하니, 임금 왕 자 골이니 동관 대궐 앞 살으시오."

"또 저분은 어디 계시오?"

한 놈이 대답하되,

"나는 하늘골 사오."

군평이 하는 말이,

"사직이란 마을이 하늘을 위한 마을이니 사직골 살으시오."

"또 저분은 어디 계시오?"

한 놈이 하는 말이,

"나는 문 안팎 사오."

군평이 하는 말이,

"문안 문밖 산다 하니 대문 안 중문 밖이니 행랑 어멈 자식이로다."

"또 저분은 어디 계시오?"

한 놈이 대답하되,

"나는 문안 사오."

군평이 하는 말이,

"그는 알지 못하겠소. 문안은 다 그대의 집인가?"

그놈이 하는 말이,

"우리 집 방문 안 산다는 말이오."

"또 저분은 어디 계시오?"

한 놈이 대답하되,

"나는 횟두루묵골 사오."

군평이 하는 말이

"내가 삭임질을 잘하되 그 골 이름은 처음 듣는 말이오."

그놈이 하는 말이,

"나는 집 없이 되는 대로 횟두루 다니기에 할 말 없어 내 의사로 한 말이오."

군평이 하는 말이,

"바닥 셋째 앉은 분은 성자를 뉘라 하시오?"

한 놈이 대답하되,

"나무 둘이 씨름하는 성이오."

군평이 하는 말이,

"목 자 둘을 겹으로 붙으니 수풀 림(林) 자 임서방이오."

"또 저분은 뉘라 하시오?"

한 놈이 대답하되,

"내 성은 목독이에 갓 쓰인 자요."

군평이 하는 말이,

"갓머리 안에 나무 목 하였으니 나라 송(宋) 자 송서방이오."

"또 저분은 뉘라 하시오?"

한 놈이 대답하되,

"내 성은 계수나무란 목 자 아래 만승천자란 자자를 받친 오얏 리(李) 자 이서방이오."

"또 저분은 뉘라 하시오?"

한 놈이 원간 무식한 놈이라 함부로 하는 말이,

"내 성은 난장몽둥이란 나무 목 자 아래 발 긴 역적의 아들, 누렁쇠 아들, 검정개 아들이란 아들 자 받침 복성화 이 자 이서방이오."

"또 저분은 뉘라 하시오?"

한 놈이 답하되,

"내 성은 뫼 산 자 넷이 사면으로 두른 성이오."

군평이 가만히 새겨 하는 말이,

"뫼 산 자 넷이 둘렀으니 밭 전 자 전서방인가 보오."

"또 저분은 뉘라 하오?"

한 놈의 성은 배가라. 정신이 헐하기로 주머니에 배를 사 넣고 다니더니 성을 묻는 양을 보고 우선 주머니를 열고 배를 찾되 배가 없는지라, 기가 막혀 꼭지를 치며 하는 말이,

"나는 원수의 성으로 망하겠다. 이번도 뉘 아들놈이 남의 성을 내어 먹었구나. 생후에 성을 잃어버린 것이 돈 반 팔 푼 열여덟 푼어치나 되니 갓득한 형세에 성을 장만하기에 망하겠다."

하고 부리나케 주머니를 뒤진다. 군평이 하는 말이,

"게 성을 물은즉, 팔결에 주머니를 왜 만지시오."

그놈이 하는 말이,

"남의 잔속으랑 모르고 답답한 말 말으시오. 내 성은 먹는 성이올세."

하며 구석구석 찾으매 배 꼭지만 남았는지라, 가장 무안하고 위급하여 배 꼭지를 내어 들고 하는 말이,

"하면 그렇지 제 어디로 가리오."

"성 나머지 보시오."

하니 군평이 하는 말이,

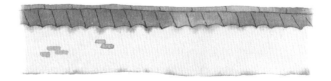

"친구의 성이 꼭지서방인가 보오."

"그놈의 말이 옳소. 과연 아는 말이올세."

"또 저분은 뉘라 하시오?"

한 놈이 하는 말이,

"내 성은 안감이라는 안 자에 부어터져 죽었다는 부 자에 난장몽둥이란 동 자를 합한 안부동이라 하오."

"또 저분은 뉘시오?"

한 놈이 답하되,

"내 성은 쇠 금(金) 자를 열대엿 쓰오."

군평이 새겨 보고 하는 말이,

"쇠가 열이니 김 자 하나를 떼어 성을 만들고, 나머지 쇠가 아홉이니 부딪치면 덜렁덜렁할 듯하니 합하면 김덜렁쇠요."

"또 저분은 뉘시오?"

한 놈이 손을 불끈 쥐고 하는 말이,

"내 성명은 이러하오."

군평이 새겨 보고 하는 말이,

"성은 주 가요, 명은 먹인가 보오."

"또 저분은 뉘라 하오?"

한 놈이 손을 길길이 펴 보이거늘 군평이 새기는 말이,

"손을 펴 뵈니 성은 손이요, 명은 가락인가 보오."

"저분은 뉘라 하시오?"

한 놈이 답하되,

"내 성명은 한가지요."

떠죽이 하는 말이,

"저기 저분 성명과 같단 말이오."

그놈이 하는 말이,

"어찌 알고 하는 말이오?"

"내 성은 한이요, 이름은 가지란 말이올세."

"또 친구의 성은 뉘라 하오?"

한 놈이 답하되,

"나는 난장몽둥이의 아들놈이오."

"또 저분은 뉘시오?"

한 놈이 하는 말이,

"나도 기오."

부딪치기 내달아 히히, 웃고 하는 말이,

"게도 난장몽둥이가 같단 말인게요?"

그놈이 하는 말이,

"이 양반아, 이것이 우스운 체요, 짓궂은 체요, 말 잘하는 체요, 누를 욕하는 말이요, 성명을 바로 일러도 모르옵나? 각각 뜯어 일러야 알겠습나? 성은 나 가요, 이름은 도기라 하옵네."

"또 저분은 뉘라 하오?"

한 놈이 하는 말이

"내 성명이 이털, 저털, 괴털, 쇠털, 말털, 시금털 털하는 털 자에 보보 봇자 합하면 털보란 사람이올세."

"또 저분은 뉘시오?"

한 놈이 답하되.

"좋지 아니하오."

거절이 내달아 하는 말이,

"성명을 물은즉 좋지 아니하단

말이 어쩐 말이오?"

그놈이 하는 말이,

"내 성은 조요, 이름은 치아니올세."

군집이 내달아 하는 말이,

"저기 저분은 무슨 성이오?"

한 놈이 답하되,

"나는 헌 누더기 입고 덤불로 나오던 성이요."

떠죽이 새겨 하는 말이,

"헌 옷 입고 가시덤불 나올 적에 오죽이 뭐였겠
소, 무인생인가?"

"또 저 친구는 무슨 성이오?"

한 놈이 답하되,

"나는 대가리에 종기 나던 해에 났소."

군평이 하는 말이,

"머리에 종기 났으면 병을 썼으니 병인생인가."

또 한 놈이 하는 말이,

"나는 등창 나던 해요."

군집이 새기되,

"병을 등에 짊어졌으니 병진생인가 보오."

또 한 놈이 내달아 하는 말이,

"나는 발새에 종기 나던 생이요."

쥐어부딪치기 하는 말이,

"병을 신었으니 병신생인가."

또 한 놈이 대답하되,

"나는 햅쌀머리에 난 놈이요."

나돌몽이 하는 말이,

"햅쌀머리에 났으니 신미생인가."

또 한 놈이 말하되,

"나는 장에 나가 송아지 팔고 오던 날이요."

숫쇠 내달아 단단히 웃고 하는 말이,

"장에 가 소를 팔았으면 값을 받아 지고 왔을 것
이니 갑진생인가 보오."

이렇듯 지껄이다가 그중에 한 왈자가 내달아 하는 말이,

"그렇지 아니하다. 놀부 놈을 어서 내어 발기자."

하니 여러 왈자 대답하되,

"우리가 수작하느라고 이때를 두었지, 벌써 찢을 놈이니라."

하니 악착이 내달아 하는 말이,

"그 말이 옳다."

하고 놀부를 잡아들여 찢고 차고 구울리며, 주무르고 잡아 뜯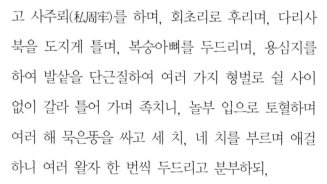고 사주뢰(私周牢)를 하며, 회초리로 후리며, 다리사북을 도지게 틀며, 복숭아뼈를 두드리며, 용심지를 하여 발샅을 단근질하여 여러 가지 형벌로 쉴 사이 없이 갈라 틀어 가며 족치니, 놀부 입으로 토혈하며 여러 해 묵은똥을 싸고 세 치, 네 치를 부르며 애걸하니 여러 왈자 한 번씩 두드리고 분부하되,

"이놈, 들으라! 우리가 금강산 구경 가다가 노자

가 핍절(乏絕)하였으니 돈 오천 냥만 내어 와야지,
만일 그러하지 아니하면 절명을 시키리라."

하니 놀부 오천 냥을 주니라.

놀부 사족을 쓰지 못하여 혼백이 떨어졌으되 종시
박 탈 마음이 있는지라. 기엄 동산에 올라가서 박
한 통을 따다가 힘을 다하여 타고 보니, 팔도 소경
이 뭉치어 여러 만동이 막대를 흩어 짚고 인물을 구
긱기며 내달아 하는 말이,

"놀부야, 이놈! 날까, 길까, 네 어디로 갈다? 너를
잡으려고 안 남산, 밖 남산, 무계동, 쌍계동으로 면
면 촌촌 방방곡곡이 두루 편답하더니 오늘날 이에서
만났도다."

하고 되는대로 휘두들기니 놀부 살고지라 애걸하
거늘, 소경들이 북을 두드리며 소리하여 경을 읽되,

"천수천안 관자재보살 광대원만 무애대비심 신묘
장군 대다라니왈 나무라 다라다라야, 남막 알약 바
로기제 사바라야아 사토바야 지리지리지지리 도도도
로 모자모자야 이시성조 원시천존 재옥청성경 태상

노군 태청성경 나후설군 계도성군 삼라만상 이십팔
숙성군 동방목제성군 남방화제성군 서방금제성군 북
방수제성군 삼십육등신선, 연즉, 월즉, 일즉, 시즉,
사자태을성군, 놀부 놈을 급살방양탕으로 갖초 점지
하옵소서. 급급 여율영 사바하(如律令娑婆詞)."

이렇듯 경을 읽은 후에 놀부더러 경 읽은 값을 내
라 하고 집안을 뒤집으니, 놀부 하릴없어 오천 냥을
주고 생각하되 집안에 돈 한 푼이 없어 탕진하였는
지라. 이를 어찌하지 하나니 하면서도 동산으로 올
라가서 또 왜골의 박 한 통을 따 가지고 내려와서
째보를 달래되,

"이번 박은 겉으로 봐도 하 유명하니 바삐 타고
구경하세."

하며 타다가 귀를 기울여 들으니 우레 같은 소리
진동하며 비로다, 비로다 하니, 놀부 어찌할 줄 모
르고 박 타기를 머무르니 박 속에서 또 불러 이르
되,

"무슨 거래(去來)를 이다지 하는가. 비로다."

놀부 더욱 겁을 내어 하는 말이,

"비라 하니 무슨 비온지 당명황의 양귀비오니까,
창오산 이비(二妃)니까. 위선 존호를 알아지이다."

박 속에서 하는 말이,

"나는 유현덕의 아우
거기장군(車驥將軍) 장비
로다."

하니 놀부 이 소리를 들으며 정신이 아득하여 하
는 말이,

"째보야, 이 일을 어쩌하잔 말인고? 이번은 바칠
돈도 없고 하릴없이 네고 나고 죽는 수밖에 없다."

하니 째보 놈이 하는 말이,

"이 사람아, 그 어인 말인고? 나는 무슨 탓으로
죽는단 말인가. 다시 그런 말 하다가는 내 손에 급
살탕을 먹을 것이니 그런 미친놈의 소리는 말고 타
던 박이나 타세. 장군이 나오시거든 빌어나 보소."

놀부는 하릴없으매 마지못하여 마저 타고 보니 한
장수 나오되, 얼굴은 검고 구레나룻을 거스르고 고

리눈을 부릅뜨고 봉 그린 투구에 용린갑(龍鱗甲)을 입고 장팔사모(丈八蛇矛)를 들고 내달으며,

"이놈, 놀부야! 네 세상에 나서 부모에게 불효하고 형제 불화할 뿐더러 여러 가지 죄악이 많기로 천도가 무심치 아니하사 날로 하여금 너를 죽여 없이하라 하시기로 왔거니와, 너 같은 잔명을 죽여 쓸데 없으니 대저 견디어 보아라."

하고 엄파 같은 손으로 놀부를 움켜잡아 끌고 헛간으로 들어가 호령하되 멍석을 내어 펴라 하니, 놀부 벌벌 떨며 멍석을 펴니 장비 벌거벗고 멍석에 엎드려 분부하되,

"이놈, 주먹을 쥐어 내 다리를 치라."

하니 놀부 진력하여 다리를 치다가 팔이 지쳐 애걸하니 장비 호령하되,

"이놈, 잡말 말고 기어올라 발길로 내 등을 찧어라."

하거늘 놀부 그 등을 치어다본즉 천망장이나 한지라, 비는 말이,

"등에 올라가다가 만일 미끄러져 낙상하면 이후에 빌어먹을 길도 없으니 덕분에 살려지이다."

하니 장비 호령하되,

"정 올라가기 어렵거든 사닥다리를 놓고 못 올라 갈다?"

놀부 마지못하여 죽을 뻔 살 뻔 올라가서 발로 한참을 치더니 또 다리를 지쳐 꿈쩍할 길 없는지라.

또 애걸하니 장비 호령하되,

"그러하면 잠깐 내려앉아 담배 한 대만 먹고 오르라."

하니 놀부 기어 내리다가 미끄러져 모저비로 떨어져 뺨이 사태 나고 다리 접질려 혀를 빨우고 엎드려 애걸하니, 장비 이를 보고 어이없어 일어 앉아 하는 말이,

"너를 십분 용서하고 가노라."

하더라. 놀부 생급살을 맞고도 동산으로 올라가서 박 한 통을 따 가지고 내려와서 하는 말이,

"째보야, 이 박을 타고 보자."

하니 째보 생각하되 낌새를 본즉 탈 박도 없고 날찍이 없는지라, 소피하러 감을 핑계하고 밖으로 빼니라. 놀부 하릴없어 종을 데리고 박을 켜고 보니 아무것도 없고 박 속이 먹음직한지라. 죽을 끓여 맛을 보고 하는 말이,

"이런 국 맛은 본 바 처음이로다."

하며 당동당동하다가 미쳐서 또 집 위에 올라가

보니 박 한 통이 있으되 빛이 누르고 불빛 같은지라. 놀부 비위 동하여 따 가지고 내려와 한참 타다가 귀를 기울여 들으니 아무 소리 없고 전동네가 몰씬몰씬 만져지거늘, 놀부 하는 말이,

"이 박은 농익어 썩어진 박이로다."

하고 십분의 칠팔분을 타니 홀연 박 속으로서 광풍이 대작하며 똥줄기 나오는 소리 산천이 진동하는지라. 온 집이 혼이 떠서 대문 밖으로 나와 문틈으로 엿보니 된똥·물지똥·진똥·마른 똥 여러 가지 똥이 합하여 나와 집 위까지 쌓이는지라. 놀부 어이없어 가슴을 치며 하는 말이.

"이런 일도 또 있는가. 이러한 줄 알았다면 동냥할 바가지나 가지고 나왔더라면 좋을 뻔했다."

하고 뻔뻔한 놈이 처자를 이끌고 흥부를 찾아가니라.

이놈의 심사 이러한 가운데에

또한 불교를 업신여겨 허물 없는 중을 보면,

결박하고 귀 뚫기와 어깨 타고
뜀질하기가 일쑤였다.

이놈의 심보가 이러하니
옹가집 근처에는 동냥중이 얼씬도 못하였다.

옹고집전 미리보기

옹진골 옹당촌에 사는 성은 옹이고 이름이 고집은 심술 사납고 인색하며 비뚤어진 마음과 불효한 인간으로 매사에 고집을 부리는 수전노였다. 팔십 노모가 냉방에 병들어 아프지만 약 한 첩 쓰지 않고 돌보지 않는다. 노모가 옹고집의 불효를 탓하자 노모가 너무 오래 산다고 핀잔을 준다.

이에 월출봉 취암사의 도승이 학대사라는 중에게 옹고집을 혼내 주라고 보내지만 오히려 매만 맞고 돌아온다. 이에 화가 난 도사가 초인(草人)으로 가짜 옹고집을 만들어 옹고집의 집에 가서 진위를 다투게 한다.

진짜와 가짜를 가리려 관가에 송사를 하지만 진짜 옹고집이 져서 집을 빼앗기고 쫓겨나 걸식 끝에 자살하려 하나 도사가 구해 준다. 도사에게 받은 부적으로 가짜 옹고집을 다시 초인으로 만들고 그간의 잘못을 참회하여 새사람이 되어 모친께 효도하고 불교를 신봉하게 된다.

옹고집전 핵심보기

　〈옹고집전〉은 작자와 창작 연대 미상의 고전소설이다. 조선 후기의 시대상을 잘 반영하고 있는 설화소설이며 판소리 열두 마당의 하나로 옹고집타령으로 불린다.

　옹고집이 동냥 온 중을 괄시하여 화를 입게 되는 장면과 부자이면서 인색한 옹고집을 징벌하고 가짜인 옹고집이 진짜 옹고집을 쫓아내어 결국에는 자살을 결심하다 개과천선하는 이야기로, 조선 후기 시대상인 금전적 이해관계나 부를 추구하는 데만 몰두하는 인간에 대한 반감과 인간의 참된 도리에 대한 교훈을 주는 작품이다.

애고애고, 저놈 보게! 제가 낸 체 ……

옹달 우물과 옹연못이 있는 옹진골 옹당촌에 한 사람이 살았으니 성은 옹가요, 이름은 고집이었다. 성미가 매우 괴팍하여 풍년이 드는 것을 싫어하고 심술 또한 맹랑하여 매사를 고집으로 버티었다.

살림 형편을 살펴보건대 석숭의 재물이나 도주공의 드날린 이름이나 위세를 부러워하지 않을 만하였다.

앞뜰에는 노적이 쌓여 있고 뒤뜰에는 담장이 높직한데 울 밑으로는 석가산이 우뚝하다. 석가산 위에 아담한 초당을 지었는데 네 귀에 풍경이 달렸으매 바람 따라 쟁그렁 맑은 소리 들려오며, 연못 속의 금붕어는 물결 따라 뛰놀았다.

동편 뜨락 모란꽃은 봉오리가 반만 벌어지고, 왜철쭉과 진달래는 활짝 피었더니 춘삼월 모진 바람에 모두 떨어졌으되, 서편 뜨락 앵두꽃은 담장 안에 곱게 피고, 영산홍 자산홍은 바야흐로 한창이요, 매화꽃도 복사꽃도 철을 따라 만발하니 사랑치레가 찬란하였다.

팔작집 기와 지붕에 마루는 어간대청 삼층 난간이 둘러 있고, 세살창의 들장지와 영차에는 안팎 걸쇠, 구리 사복이 달려 있고, 쌍룡을 새긴 손잡이는 채색도 곱게 반공중에 들떠 있다. 방 안을 들여다보니

별앞닫이에 팔첩 병풍이요, 한녘으로 놋요강, 놋대야를 밀쳐놓았다.

며늘아기는 명주 짜고 딸아기는 수놓으며, 곰배팔이 머슴 놈은 삿자리 엮고 앉은뱅이 머슴 놈은 방아 찧기 바쁘거니와, 팔십 당년 늙은 모친은 병들어 누워 있거늘 불효막심 옹고집은 닭 한 마리, 약 한 첩도 봉양을 아니 하고 조반석죽 겨우 바쳐 남의 구설만 틀어막고 있었다.

불기 없는 냉돌방에 홀로 누운 늙은 어미 섧게 울며 탄식하기를,

"너를 낳아 길러 낼 제 애지중지 보살피며 보옥같이 귀히 여겨 어르면서 하는 말이, '은자동아, 금자동아, 고이 자란 백옥동아, 천지만물 일월동아, 아국사랑 간간동아, 하늘같이 어질거라, 땅같이 너릅거라. 금을 준들 너를 사며 은을

준들 너를 사랴. 천생 인간 무가보는 너 하나뿐이로
다.' 이같이 사랑하며 너 하나를 키웠거늘 천지간에
이러한 어미 공을 네 어찌 모르느냐? 옛날에 효자
왕상이는 얼음 속의 잉어를 낚아다가 병든 모친 봉
양하였거늘, 그렇지는 못할망정 불효는 면하렷다!"

불측한 고집이 놈, 어미 말에 대꾸하되,
"진시황 같은 이도 만리장성 쌓아 놓고 아방궁을
이룩하여 삼천 궁녀 두루 돌아 찾아들며 천년 만년
살고지고 하였으되, 그도 또한 이산에 한 분총 무덤
속에 죽어 있고, 백전백승 초패왕도 오강에서 자결
하였고, 안연 같은 현학사도 불과 삼십 세에 요절하
였거늘, 오래 살아 무엇하리? 옛글에 일렀으되 '인
간 칠십 고래희라' 하였으니 팔십이 된 우리 모친
오래 산들 쓸데없네. '오래 살면 욕심이 많아진다.'
하니 우리 모친 그 뉘라서 단명하랴? 도척같이 몹쓸
놈도 천추에 유명하거늘, 어찌 나를 시비하리요?"

이놈의 심사 이러한 가운데에 또 한 불교를 업신여겨 허물 없는 중을 보면, 결박하고 귀 뚫기와 어깨 타고 뜸질하기가 일쑤였다. 이놈의 심보가 이러하니 옹가집 근처에는 동냥중이 얼씬도 못하였다.

이 무렵, 저 멀리 월출봉 취암사에 도사 한 분이 있었으니, 그의 높은 술법은 귀신도 감탄할 경지에 이르러 있었다.

하루는 도사가 학대사를 불러 이르기를,

"내 듣건대 옹당촌에 옹좌수라 하는 놈이 불도를 업신여겨 중을 보면 원수같이 군다 하니 네 그놈을 찾아가서 책망하고 돌아오라."

분부 받고 학대사는 나섰것다. 헌 굴갓 눌러쓰고 마의 장삼 걸쳐 입고 백팔염주 목에 걸고 육환장을 거머짚고 허위적허위적 내려오니, 계화는 활짝 피고 산새는 슬피 울며 가는 길을 재촉한다.

노을진 석양녘에 옹가집에 다다르니 어간대청 너른 집에 네 귀에 풍경 달고 안팎 중문 솟을대문이 좌우로 활짝 열어젖혔기에, 목탁을 딱딱 치며 권선문을 펼쳐 놓고 염불로 배례할 새,

"천수천안 관자재보살, 주상 전하 만만세, 왕비 전하 수만세, 시주 많이 하옵시면 극락 세계로 가오리다. 아미타불 관세음보살……."

중문에 기대어서 이 광경을 보던 할미종이 넌지시 이르는 말이,

"노장, 노장. 여보, 노장. 소문도 못 들었소? 우리 댁 좌수님이 춘곤을 못 이기사 초당에서 낮잠이 드셨으매, 만일 잠을 깰라치면 동냥은 고사하고 귀 뚫리고 갈 것이니 어서 바삐 돌아가소."

학대사가 대답하되,

"고루거각 큰 집에서 중의 대접이 어찌하여 이러할까? '적악지가에 필유여앙이요, 적선지가에 필유여경이라.' 이르나이다. 소승은 영암 월출봉 취암사에 사옵는데, 법당이 퇴락하여 천 리 길 멀다 않고

귀댁에 왔사오니 황금으로 일천 냥만 시주를 하옵소
서."

합장배례하고 다시 목탁을 두드리니 옹좌수 벌떡
일어나 밀창문을 드르르 밀치면서,

"어찌 그리 요란하냐?"

종놈이 조심조심 여쭈기를,

"문밖에 중이 와서 동냥 달라 하나이다."

옹좌수 발칵 화를 내어 성난 눈알 부라리며 소리
질러 꾸짖기를,

"괘씸하다, 이 중놈아! 시주하면 어쩐다냐?"

학대사는 이 말 듣고 육환장을 눈 위로 높이 들어
합장배례로 대답하기를,

"황금으로 일천 냥만 시주하옵시면 소승이 절에
가서 수륙제를 올릴 적에 아무 면 아무 촌 아무개라
외우면서 축원을 드리오면 소원대로 되나이다."

옹좌수가 쏘아붙이되,

"허허, 네놈 말이 가소롭다! 하늘이 만백성을 마

련할 제 부귀빈천, 자손유무, 복불복을 분별하여 내셨거늘, 네 말대로 한다면 가난할 이 뉘 있으며 무자할 이 뉘 있으리? 속세에서 일러 오는 인중 마른 중이렷다! 네놈 마음 고약하여 부모 은혜 배반하고, 머리 깎고 중이 되어 부처님의 제자인 양, 아미타불

거짓 공부하는 듯이 어른 보면 동냥 달라, 아이 보면 가자 하니, 불충불효 태심하며 불측한 네 행실을 내 이미 알았으니 동냥 주어 무엇하리?"

학대사는 다시금 합장배례하며 공손히 하는 말이,

"청룡사에 축원 올려 만고 영웅 소대성을 낳아 갈충보국하였으며 천수경 공부 고집하여 주상 전하 만수무강하옵기를 조석으로 발원하니, 이 어찌 갈충보국 아니오며 부모 보은 아니리까? 그런 말씀 아예 마옵소서."

옹좌수 하는 말이,

"네 무엇을 배웠기로 그렇듯 말하느냐? 지식이 있을진대 나의 관상 보아다고."

학대사가 일러주되,

"좌수님의 상을 살피건대 눈썹이 길고 미간이 넓으시니 성세는 드날리되 누당이 곤하시니 자손이 부족하고, 면상이 좁으시니 남의 말을 아니 듣고, 수족이 작으시니 횡사도 할 듯하고, 말년에 상한병을 얻어 고생하다 죽사오리다."

이 말을 듣고 성난 옹좌수가 종놈들을 소리쳐 불렀다,

"돌쇠, 뭉치, 깡쇠야! 저 중놈을 잡아내라!"

종놈들이 일시에 달려들어 굴갓을 벗겨 던지고 학대사를 휘휘 휘둘러 돌 위에 내동댕이치니 옹좌수가 호령하되,

"미련한 중놈아! 들어보라. 진도남 같은 이도 중을 불가하다 하고서 운림처사 되었거늘, 너 같은 완승 놈이 거짓 불도 핑계하여 남의 전곡 턱없이 달라 하니, 너 같은 놈 그저 두지 못하렷다!"

종놈 시켜 중을 눌러 잡고, 꼬챙이로 귀를 뚫고 태장 사십 대를 호되게 내리쳐서 내쫓았다.

그러나 학대사는 술법이 높은지라 까딱없이 돌아

서서 사문에 들어서니 여러 중이 내달아 영접하여 연고를 캐물으니, 학대사는 태연자약 대답하기를,

"이러저러하였노라."

중 하나가 썩 나서며,

"스승의 높은 술법으로 염라대왕께 전갈하여 강임도령 차사 놓아 옹고집을 잡아다가 지옥 속에 엄히 넣고 세상에 영영 나지 못하게 하옵소서."

학대사는 대답하되,

"그는 불가하다."

다른 중이 나서면서,

"그러하오면 해동청 보라매 되어 청천운간 높이 떠서 서산에 머물다가 날째게 달려들어 옹가 놈 대갈통을 두 발로 덥석 쥐고 두 눈알을 꼭지 떨어진 수박 파듯 하사이다."

학대사는 움찔하며 대답하되,

"아서라, 아서라! 그도 못하겠다."

또 한 중이 썩 나서며,

"그러하오면 만첩청산 맹호 되어 야심경 깊은 밤
에 담장을 넘어들어 옹가 놈을 물어다가 사람 없는
험한 산 외진 골에서 뼈까지 먹사이다."

학대사는 여전하게,

"그도 또한 못하겠다."

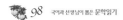

다시 한 중이 여쭈기를,

"그러하오면 신미산 여우 되어 분단장 곱게 하고 비단옷 맵시 내어 호색하는 옹고집 품에 누워 단순 호치 빵긋 벌려 좋은 말로 옹고집을 속일 적에, '첩은 본디 월궁 선녀이옵는데 옥황상제께 죄를 얻어 인간계로 내치시매 갈 바를 몰랐더니, 산신님이 불러들여 좌수님과 연분이 있다 하여 지시하옵기로 이에 찾아왔나이다.' 하며 온갖 교태 내보이면 호색하는 그놈이라 필경에는 대혹하여 등 치며 배 만지며 온갖 희롱 진탕하다 촉풍 상한 덧들려서 말라죽게 하옵소서."

학대사 벌떡 일어나며 하는 말이,

"아서라, 그도 못하겠다."

술법 높은 학대사는 괴이한 꾀 나는지라. 동자 시켜 짚 한 단을 끌어내어 허수아비 만들어 놓고 보니 영락없는 옹고집의 불측한 상이렷다. 부적을 써 붙이니 이놈의 화상, 말대가리 주걱턱이 어디로 보나 영락없는 옹가였다.

허수아비 거드럭거드럭 옹가 집을 찾아가서 사랑문 드르륵 열며 분부할 제,

"늙은 종 돌쇠야, 젊은 종 몽치, 깡쇠야! 어찌 그리 게으르고 방자하냐? 말 콩 주고 여물 썰어라! 춘단이는 바삐 나와 발 쓸어라!"

하며 태연히 앉았으니 이리 보나 저리 보나 분명한 옹좌수였다.

이때 실옹가 들어서며 하는 말이,

"어떠한 손이 왔기로 이렇듯 사랑채가 소란하냐?"

허옹가가 이 말 듣고 나앉으며,

"그대 어쩐 사람이기로 예 없이 남의 집에 들어와 주인인 체하느뇨?"

실옹가 버럭 성을 내며 호령하되,

"네가 나의 형세 유족함을 듣고 재물을 탈취코자 집 안으로 당돌히 들었으니 내 어찌 그저 두랴! 깡

쇠야, 이놈을 잡아내라!"

　노복들이 얼이 빠져 이도 보고 저도 보고, 이리 보고 저리 보나 이옹 저옹이 같은지라. 두 옹이 아옹다옹 맞다투니 그 옹이 그 옹이요, 백운심처 깊은 곳에 처사 찾기는 쉬울망정 백주당상 이 방 안에 우리 댁 좌수님 찾을 가망 전혀 없어 입 다물고 말 없더니 안채로 들어가서 마님께 아뢰기를,

　"일이 났소, 일이 났소. 아씨님, 일이 났소! 우리 댁 좌수님이 둘이 되었으니 보던 중 처음입니다. 집 안에 이런 변이 세상에 또 있겠습니까?"

마님이 이 말 듣고 대경실색하는 말이,

"애고애고, 이게 웬말이냐? 좌수님이 중만 보면 당장에 묶어 놓고 악한 형벌 마구 하여 불도를 업신여기며, 팔십 당년 늙은 모친 박대한 죄 어찌 없을까보냐? 땅 신령이 발동하고 부처님이 도술 부려 하늘이 내리신 죄, 인력으로 어찌하리?"

마나님은 춘단 어미를 불러들여 분부하되,

"바삐 나가 네가 진위를 가려 보라."

춘단 어미가 사랑채로 바삐 나가 문틈을 열고 기웃기웃 엿보는데, '네가 옹가냐? 내가 옹가다!' 하고 서로 고집하여 호령호령하니, 말투와 몸놀림이 똑같은데 이목구비도 두 좌수가 흡사하니 춘단 어미 기가 막혀 하는 말이,

"'뉘라서 까마귀 암수를 알아보리요?' 하더니 뉘라서 어찌 두 좌수의 진위를 가리리요?"

춘단 어미 허겁지겁 안으로 들어서며,

"마님, 마님! 두 좌수님 모두가 흡사하와 소비는 전혀 알아볼 수 없사옵니다."

마나님이 생각난 듯 하는 말이,

"우리 집 좌수님은 새로이 좌수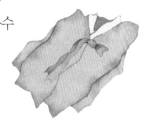
되어 도포를 성급히 다루다가 불
똥이 떨어져서 안자락이 탔으므
로 구멍이 나 있으니 그것을 찾
아보면 진위를 가릴지라. 다시 나가 알아 오라."

춘단 어미 다시 나와 사랑문을 열어젖히면서,

"알아볼 일 있사오니 도포를 보사이다. 안자락에
불똥 구멍 있나이다."

실옹가가 나앉으며 도포 자락 펼쳐 뵈니 구멍이
또렷하니 우리 댁 좌수님이 분명하것다.

허옹가도 뒤따라 나앉으며,

"예라, 이년! 요망하다, 가소롭다! 남산 위에 봉화
들 때 종각 인경 뗑뗑 치고 사대문을 활짝 열 때 순
라군이 제격이라, 그만 표는 나도 있다."

허옹가가 앞자락을 펼쳐 뵈니 그도 또한 뚜렷하것
다. 알 길이 전혀 없는지라 답답한 춘단 어미 안으
로 들어서며 마님 불러 아뢰기를,

"애고, 이게 웬 변일꼬? 불구멍이 두 좌수께 다 있으니 소비는 전혀 알 수 없소이다. 마님께서 몸소 나가 보옵소서."

마나님 이 말 듣고 낯빛이 흐려지며 탄식하되,

"우리 둘이 만났을 제 '여필종부 본을 받아 서산에 지는 해를 긴 노로 잡아매고 길이 영화 누리면서 살아서 이별 말고 죽어도 한날 죽자.' 이렇듯이 천지에 맹세하고 일월도 보았거늘, 뜻밖에 변이 나니 꿈인가 생시인가? 이 일이 웬일일꼬? 도덕 높은 공부자도 양호의 화액을 입었다가 도로 놓여 성인 되셨으매 자고로 성인들도 한때 곤액 있거니와, 이런 괴변 또 있을꼬? 내 행실 가지기를 송백같이 굳었거늘 두 낭군을 어찌 새삼 섬기리요?"

이렇듯 탄식할 제, 며늘아기 여쭈기를,

"집안에 변을 보매 체모가 아니 서니 이 몸이 밝히오리다."

사랑 방문 퍼뜩 열고 들어가니 허옹가 나앉으며

이르기를,

"아가, 아가. 게 앉아 자세히 들어보라. 창원 땅
마산포서 너의 신행하여 올 제 십여 필마 바리로 온
갖 기물 실어 두고, 내가 후행으로 따라올 제 상사
마 한 놈이 암말 보고 날뛰다가 뒤뚱거려 실은 것을
파삭파삭 결딴내어 놋동이는 한복판이 뚫어져서 못
쓰게 되었기로 벽장에 넣었거늘, 이도 또한 헛말이
냐? 너의 시아비는 바로 내로다!"

기가 막힌 실옹가도 앞으로 나앉더니,

"애고, 저놈 보게. 내가 할 말 제가 하니 애고애
고, 이 일을 어찌하리? 새아기야, 내 얼굴을 자세히
보라! 네 시아비는 내 아니냐?"

며느리가 공손히 여쭈기를,

"우리 아버님은 머리 위로
금이 있고 금 가운데 흰머
리가 있사오니 이 표를
보사이다."

실옹가가 얼른 나앉

으며 머리 풀고 표를 뵈니, 골통이 차돌 같아 송곳으로 찔러 본들 물 한 점 피 한 방울 아니 나겠더라. 허옹가도 나앉으며 요술 부려 그 흰 털 뽑아 내어 제 머리에 붙인지라, 실옹가의 표적은 없어지고 허옹가의 표적이 분명하것다.

"며느리야! 내 머리를 자세히 보라."

하니 며늘아기 살펴보고,

"틀림없는 우리 시아버님이오."

실옹가는 복통할 노릇이라 주먹으로 가슴치고 머리를 지끈지끈 두드리며,

"애고애고, 허옹가는 아비 삼고 실옹가를 구박하니 기막혀 나 죽겠네! 내 마음에 맺힌 설움 누구보고 하소연하랴?"

종놈들 거동 보니 남문 밖 사정으로 걸음을 재촉하여 서방님을 찾아간다.

"가사이다, 가사이다. 서방님, 어서 바삐 가사이다! 일이 났소, 변이 났소. 우리 댁 좌수님이 두 분

이 되어 있소."

서방님이 이 말 듣고 화살 전통 걸어 멘 채 천방지축 집에 와서 사랑으로 들어가니 허웅가가 태연자약 나앉으며 탄식하되,

"애고애고, 저놈 보게. 내가 할 말 제가 하네."

아들놈의 거동 보니 맥맥상간 살펴보나 이도 같고 저도 같아 알 길이 전혀 없어 어리둥절 서 있것다. 허웅가가 나앉으며 실웅가의 아들 불러 재촉하여 이르기를,

"너의 모께 알아보게 좀 나오라 하여다고! 이렇듯이 가변 중에 내외할 것 전혀 없다!"

하니 실웅가 아들놈이 안으로 들어가서,

"어머님, 어머님. 사랑방에 괴변 나서 아버님이 둘이오니 어서 나가 자세히 살펴보소서."

내외도 불구하고 마나님이 사랑에 썩 나서니 허옹가가 실옹가의 아내 보고 앞질러 하는 말이,

"여보, 임자! 내 말을 자세히 들어봐요. 우리 둘이 첫날밤 신방으로 들었을 때 내가 먼저 동품하자 하였더니 언짢은 기색으로 임자가 돌아앉기로, 내 다시 타이르며 좋은 말로 임자를 호릴 적에 '이같이 좋은 밤은 백 년에 한 번 있을 뿐인지라 어찌 서로 허송하랴?' 하자 그제서야 임자가 순응하여 서로 동품하였으니, 그런 일을 더듬어서 진위를 분별하소."

실옹가의 아내가 굽이굽이 생각하니 과연 그 말이 맞은지라 허옹가를 지아비라 일컬으니, 실옹가는 복장을 쾅쾅 치나 눈에서 불이 날 뿐 어찌할 수 없으렷다.

실옹가 아내 측은하여 하는 말이,

"두 분이 똑같으니 소첩인들 어이 아오? 애통하오, 애통하오!"

안으로 들어가도 마음이 아니 놓여 팔자 한탄 소란하다.

"애고애고, 내 팔자야! 여필종부 옛말대로 한 낭군 모셨거늘, 이제 와 이도 같고 저도 같은 두 낭군이 웬 변인고? 전생에 무슨 득죄하였기로 이년의 드센 팔자 이렇듯 애통할꼬? 애고애고, 내 팔자야!"

이럴 즈음 구불촌 김별감이 문밖에 찾아와서,
"옹좌수 게 있는가?"
하니 허옹가가 썩 나서며,
"그게 뉘신가? 허허, 이거 김별감 아닌가! 달포를 못 보았는데 그새 댁내 무고한가? 나는 요새 집안에 변괴 있어 편치도 못하다네. 어디서 온 누구인지 말투와 몸놀림에 형용도 흡사하여 나와 같은 자 들어와서 옹좌수라 일컬으며 나의 재물 빼앗고자 몹쓸 비계 부리면서 낸 체하고 가산을 분별하니 이런 변이 어디 또 있을는고? '그의 아내는 알지 못하되 그의 벗은 알지로다' 하였으니 자네 나를 모를까 보냐? 나와 자네는 지기상통하는 터수, 우리 뜻을 명명백백 분별하여 저놈을 쫓아 주게."

실옹가는 이 말 듣고 가슴을 쾅쾅 치며 호령하기
를,

"애고애고, 저놈 보게! 제가 낸 체 천연히 들어앉
아 좋은 말로 저렇듯 늘어놓네! 이놈, 죽일 놈아. 네
가 옹가냐? 내가 옹가제!"

이렇듯이 두 옹가 아옹다옹 다툴 적에 김별감은
이리 보고 저리 보고 어이없어 하는 말이,

"양옹이 옹옹하니 이옹이 저옹 같고 저옹이 이옹
같아 양옹이 흡사하니 분별치 못하겠네! 사실이 이
럴진대 관가에 바삐 가서 송사나 하여 보게."

양옹이 이 말을 옳게 여겨 서
로 잡고 관정에 달려가서 송사
를 아뢰었다. 사또가 나앉으
며 양옹을 살피건대 얼굴도 흡
사하고 의복도 같은 고로 형방
에게 분부하되,

"저 두 놈 옷을 벗겨 가려 보라."

　하니 형방이 썩 나서며 양옹을 발가벗기었다. 차
돌 같은 대갈통이 같거니와 가슴, 팔뚝, 다리, 발이
모두 같고 불알마저 흡사하니 그 진위를 뉘라서 가
리리요.

　실옹가가 먼저 아뢰기를,

　"민이 조상 대대로 옹당촌에 사옵는데 천만의외로
생면부지 모를 자가 민과 행색 같이하고 태연히 들
어와서 민의 집을 제 집이라, 민의 가솔을 제 가솔
이라 이르오니 세상에 이런 변괴 어디 또 있나이까?
명명하신 성주께서 저놈을 엄문하와 변백하여 주옵
소서."

허옹가도 또한 아뢰기를,

"민이 사뢰고자 하던 것을 저놈이 다 아뢰매 민은 다시 사뢸 말씀 없사오니 명철하신 성주께서 샅샅이 살피시와 허실을 밝혀 가려 주옵소서. 이제는 죽사와도 여한이 없겠나이다."

사또가 엄히 꾸짖어 양옹을 함구케 한 연후에 육방의 아전과 내빈 행객 불러 내어 두 옹가를 살펴보게 하였으나 실옹이 허옹 같고 허옹이 실옹 같아 전혀 알 수 없는지라. 형방이 아뢰기를,

"두 백성의 호적을 상고하여 보사이다."

사또는,

"허허, 그 말이 옳도다."

하고 호적색을 부러 놓고 양옹의 호적을 강받을 때 실옹가가 나앉으며 아뢰기를,

"민의 아비 이름은 옹송이옵고 조는 만송이옵나이다."

사또가 이 말 듣고 하는 말이,

"허허, 그놈의 호적은 옹송망송하여 전혀 알 수 없으니 다음 백성 아뢰라."

이때 허옹가 나앉으며 아뢰기를,

"자하골 김등네 좌정하였을 적에, 민의 아비 좌수로 거행하며 백성을 애휼하온 공으로 말미암아 온갖 부역을 삭감하였기로 관내에 유명하오니 옹돌면 제일호 유생 옹고집이요, 고집의 나이 삼십칠 세요, 부학생은 옹송이온데 절충장군이옵고, 조는 상이오나 오위장 지내옵고, 고조는 맹송이요, 본은 해주이오며, 처는 진주 최씨요, 아들놈은 골이온데 나이는 십구 세 무인생이요, 하인으로 천비 소생 돌쇠가 있소이다.

다시 민의 세간을 아뢰리다. 논밭 곡식 합하여 이천백 석이요, 마구간에 기마가 여섯 필이요, 암수돼지 합하여 스물두 마리요, 암탉 장닭 합 육십 수요, 기물 등속으로 안성 방자유기 열 벌이요, 앞닫이 반닫이에 이층장, 화류문갑, 용장, 봉장, 가께수리, 산수병풍, 연병풍 다 있사옵고, 모란 그린 병풍 한 벌

은 민의 자식 신혼 시에 매화 그린 폭이 없어져 고치고자 다락에 따로 얹어 두었사오니 그것으로도 아옵시고, 책자로 말하오면 천자·당음·당률·사략·통감·소학·대학·논어·맹자·시전·서전·주역·춘추·예기·주벽·총목까지 쌓아 두었소이다.

또 은가락지가 이십 걸이, 금반지는 한 죽이요, 비단으로 말하오면 청·홍·자색 합쳐서 열세 필이요, 모시가 서른 통이요, 명주가 마흔 통이온 중 한 필은 민의 큰 딸아이가 첫몸을 보았기로 개짐을 명주 통에 끼웠더니 피가 조금 묻었으매, 이것을 보아도 명명백백 알 것이오. 진신·마른신이 석 죽이요, 쌍코 줄변자가 여섯 켤레 중에 한 켤레는 이달 초사흘 밤에 쥐가 코를 갉아먹어 신지 못하옵고 안 벽장에 넣었으니, 이것도 염문하와 하나라도 틀리오면 곤장 맞고 죽사와도 할 말이 없사오나, 저놈이 민의 세간 이렇듯이 넉넉함을 얻어 듣고 욕심 내어 송정 요란케 하오니 저렇듯 무도한 놈을 처치하사 타인을 경계 하옵소서."

관가에서 듣기를 다 하더니 이르기를,

"그 백성이 참 옹좌수라."

하고 당상으로 올려 앉히며 기생을 불러들이더니,

"이 양반께 술 권하라."

하였다. 일색 기생이 술을 들고 권주가를 부르는 데,

"잡으시오, 잡으시오, 이 술 한잔 잡으시오. 이 술 한잔 잡으시면 천년만년 사시리라. 이는 술이 아니오라 한무제가 승로반에 이슬 받은 것이오니 쓰나 다나 잡수시오."

흥이 나는 옹좌수가 술잔을 받아들고 화답하여 하는 말이,

"하마터면 아까운 가장집물 저놈한테 빼앗기고, 이러한 일등 미색의 이렇듯 맛난 술을 못 먹을 뻔하였구나!

그러나 성주께서 흑백을 가려 주시니 그 은혜는 백
골난망이옵니다. 겨를을 내시어서 한 차례 민의 집
에 나오시오. 막걸리로 한잔 술 대접하오리다."

"그는 염려 말게. 처치하여 줌세."

뜰 아래 꿇어앉은 실옹가를 불러 분부하되,

"네놈은 흉칙한 인간으로서 음흉한 뜻을 두고 남
의 세간 탈취코자 하였으니, 죄상인즉 마땅히 의율
정배할 것이로되 가벼이 처벌하니 바삐 끌어내어 물
리쳐라."

대곤 삼십 대를 매우 치고 죄목을 엄히 문초하되,

"네 이놈! 차후에도 옹가라 하겠느냐?"

실옹가는 곰곰이 생각건대 만일 다시 옹가라 우길
진대 필시 곤장 밑에 죽겠기에,

"예, 옹가가 아니오니 처분대로 하옵소서."

아전이 호령하기를,

"장채 안동하여 저놈을 월경시키라."

하니 군노 사령 벌떼같이 일시에 달려들어 옹가

놈의 상투를 움켜잡고 휘휘 둘러 내쫓으니, 실옹가
는 할 수 없이 걸인 신세가 되고 말았다.

고향 산천 멀리하고 남북으로 빌어먹을 새, 가슴
을 탕탕 치며 대성통곡하며 하는 말이,

"답답하다, 내 신세야! 이 일이 꿈이냐 생시냐?
어찌하면 좋을는고? 이른바 낙미지액이로다."

무지하던 고집이 놈 어느덧 허물을 뉘우치고 애통
하여 하는 소리가,

"나는 죽어 싼 놈이로되 당상 학발 우리 모친 다
시 봉양하고 싶고, 어여쁜 우리 아내 월하의 인연
맺어 일월로 다짐하고 천지로 맹세하여 백년종사하

렸더니, 독수공방 적막한데 임도 없이 홀로 누워 전전반측 잠 못 들어 수심으로 지내는가? 슬하에 어린 새끼 금옥같이 사랑하여 어를 적에, '섬마둥둥, 내 사랑아! 후두둑후두둑, 엄마 아빠 눈에 암만' 나 죽겠네, 나 죽겠어! 이 일이 생시는 아니로다. 아마도 꿈이니, 꿈이거든 어서 바삐 깨어나라!"

이럴 즈음 허옹가의 거동 보세. 송사에 이기고서 돌아올 때 의기양양하는 거동, 진소위 제법이것다. 얼씨구나, 좋을시고! 손춤을 휘저으며 노래가락 좋을시고! 이리저리 다니면서 조롱하여 하는 말이,

"허허, 흉악한 놈 다 보것다! 하마터면 고운 우리 마누라를 빼앗길 뻔하였구나."

하고 집으로 들어서며 희색이 만면하니, 온 집안 식솔들이 송사에 이겼다는 말을 듣고 반가이 영접할

새, 실옹가의 마누라가 왈칵 뛰쳐 내달으며 허옹가
의 손을 잡고 다시금 묻는 말이,

"그래, 참말 송사에 이겼소이까?"

"허허, 그리하였다네. 그사이 편안히 있었는가?
세간은 고사하고 자칫하면 자네마저 놓칠 뻔하였다
네! 원님이 명찰하여 주시기로 자네 얼굴 다시 보니
이런 경사 또 있는가? 불행 중 행이로세!"

그럭저럭 날 저물매 허옹가는 실옹가의 아내와 더
불어 긴긴 밤을 수작타가 원앙금침 펼쳐 놓고 한자
리에 누웠으니, 양인 심사 깊은 정을 새삼 일러 무
엇하랴!

이같이 즐기다가 잠시 잠이 들어 실옹가의 아내가
한 꿈을 얻으매, 하늘에서 허수아비가 무수히 떨어
져 보이기에 문득 깨달으니 남가일몽이라.

허옹가한테 몽사를 말하니 허옹가 고개를 끄덕이
며,

"그 일이 분명하면 아마도 태기가 있을 듯하나 꿈

과 같을진대 허수아비를 낳을 듯하네마는, 장차 내
두고 보리라."

　이러구러 십 삭이 차매 실옹가의 아내 몸이 고단
하여 자리에 누워 몸을 풀 새, 진양 성중 가가조에
개구리 해산하듯, 돼지가 새끼 낳듯 무수히 퍼 낳는
데 하나, 둘, 셋, 넷, 부지기수로다. 이렇듯이 해산
하니 보던 바 처음이며 듣던 바 처음이다.

　실옹가의 마누라는 자식 많아 좋아라고 괴로움도
다 잊으며 주렁주렁 길러 내었다.

　이렇듯이 즐거이 지낼 무렵, 실옹가는 할 수 없이
세간, 처자 모조리 빼앗기고 팔자에 없는 곤장 맞고
쫓겨나니 세상에 살아 본들 무엇하리?

'애고애고, 내 팔자야. 죽장망혜 단표자로 만첩청 산 들어가니 산은 높아 천봉이요, 골은 깊어 만학이 라. 인적은 고요하고 수목은 빽빽한데 때는 마침 봄 철이라. 출림비조 산새들은 쌍거쌍래 날아들 새, 슬 피 우는 두견새는 이내 설움 자아내어 꽃떨기에 눈 물 뿌려 점점이 맺어 두고 불여귀는 이로 삼으니 슬 프다, 이런 공산 속에서는 아무리 철석 같은 간장이 라도 아니 울지는 못하리라.'

자살을 결심하고 슬피 울 새, 한 곳을 쳐다보니 층암절벽 벼랑 위에 백발 도사 높이 앉아 청려장을 옆에 끼고 반송 가지를 휘어잡고 노래 불러 하는 말 이,

"뉘우쳐도 미치지 못하느니라. 하늘이 주신 벌이 거늘 누구를 원망하며 누구를 탓하고자 하는가?"

실옹가는 이 말을 다 들으매 어찌할 줄 모르는 듯, 도사 앞에 급히 나아가 합장배례 급히 하며 애원하 되,

"이 몸의 죄 돌이켜 생각하면 천만 번 죽사와도

아깝지 아니하오나 밝으신 도덕하에 제발 덕분 살려 주사이다. 당상의 늙은 모친, 규중의 어린 처자, 다시 보게 하옵소서. 이 소원 풀고 나면 지하로 돌아가도 여한이 없을 줄로 아나이다. 제발 덕분 살려 주옵소서."

온갖 정성 다 기울여 애걸하니 도사가 소리 높여 꾸짖기를,

"천지간에 몹쓸 놈아! 이제도 팔십 당년 병든 모친 구박하여 냉돌방에 두려는가? 불도를 업신여겨 못된 짓 하려는가? 너 같은 몹쓸 놈은 응당 죽여 마땅하되 정상이 가긍하고 너의 처자 불쌍하기로 풀어 주겠으니 돌아가 개과천선하여라."

도사는 부적 한 장을 써 주면서 일러두길,

"이 부적 간직하고 네 집에 돌아가면 괴이한 일이 있으리라."

하고 슬며시 사라지니 도사는 간데온데없었다.

즐거운 마음으로 고향에 돌아와서 제집 문전 다다

르니, 고루거각 높은 집에 청풍명월 맑은 경개는 이미 눈에 익은 풍취로다. 담장 안의 홍련화는 주인을 반기는 듯, 영산홍아, 잘 있었느냐? 자산홍아, 무사하냐? 옛일을 생각하매 오늘이 옳으며 어제는 잘못임을 깨닫고 옛집을 다시 찾아오니 죽을 마음 전혀 없다.

"가소롭다, 허옹가야! 이제도 네가 옹가라고 장담을 할 것이냐?"

늙은 하인 내달으며,

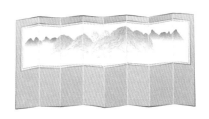

"애고애고, 좌수님. 저놈이 또 왔소이다. 천살맞았
는지 또 와서 지랄하니 이 일을 어찌하오리까?"

이럴 즈음에 방에 있던 옹가는 간데없고, 난데없
는 짚 한 뭇이 놓여 있을 따름이요, 허옹가와 수다
한 자식들도 홀연히 허수아비 되므로 온 집안이 그
제서야 깨달은 듯 박장대소하였다.

좌수가 부인에게 하는 말이,

"마누라, 그 사이 허수아비 자식을 저렇듯이 무수
히 낳았으니 그놈과 한가지로 얼마나 좋아하였을꼬?
한 상에서 밥도 먹었는가?"

얼이 빠진 부인은 아무 말 못하고서 방 안을 돌아
가며 허옹가의 자식들 살펴보니 이를 보아도 허수하
비요, 저를 보아도 허수하비라, 아무리 다시 보아도
허수아비 무더기가 분명하였다. 부인은 실옹가를 맞

이하여 반갑기 그지없으되 일변 지난 일을 생각하고
매우 부끄러워하였다.

　도승의 술법에 탄복하여 옹좌수 그로부터 모친께
효성하며 불도를 공경하여 잘못을 뉘우치고 착한 일
많이 하니, 모두들 그 어짊을 칭송하여 마지아니하
였다.

덤불 밑에 조그만 박 한 통을 따서 켜려 하니
흥부 아내 하는 말이,
"그 박일랑 켜지 맙소."
흥부가 대답하되,
"내 복에 태인 것이니 켜겠습네."
하고 손으로 켜내니 어여쁜 계집이 나오며
흥부에게 절을 하니 흥부 놀라 묻는 말이,
"뉘라 하시오?"
"내가 비요."
"비라 하니 무슨 비요?"
"양귀비요."
"그러하면 어찌하여 왔소?"
"강남 황제가 날더러 그대의 첩이 되라 하시기에 왔으니 귀히 보소서."

― 『흥부전』 중에서 ―

국어과 선생님이 뽑은

한국 문학 읽기
한국고전읽기
세계문학읽기